Jay McInerney

Bright Lights
Big City

如此灿烂，
这个城市

[美]杰伊·麦金纳尼 著

梁永安 译

作家出版社

（京权）图字：01-2017-6598

图书在版编目（CIP）数据

如此灿烂，这个城市 /（美）杰伊·麦金纳尼著；梁永安译. --
北京：作家出版社，2018.11
书名原文：BRIGHT LIGHTS，BIG CITY
ISBN 978-7-5212-0070-6

Ⅰ. ①如… Ⅱ. ①杰… ②梁… Ⅲ. ①短篇小说 - 小说集 - 美
国 - 现代 Ⅳ. ①I712.45

中国版本图书馆CIP数据核字（2018）第128921号

BRIGHT LIGHTS, BIG CITY by Jay McInerney
Copyright©2009 by Bright Lights, Big City, Inc.
Chinese (Simplified Characters) copyright © 2018
By The Writers Publishing House
Published by arrangement with ICM Partners
Through Bardon−Chinese Media Agency
ALL RIGHTS RESERVED.

如此灿烂，这个城市

作　　者：[美] 杰伊·麦金纳尼
译　　者：梁永安
责任编辑：赵　超
装帧设计：吴元瑛
出版发行：作家出版社
社　　址：北京农展馆南里10号　　　邮　　编：100125
电话传真：86-10-65930756（出版发行部）
　　　　　86-10-65004079（总编室）
　　　　　86-10-65015116（邮购部）
E−mail:zuojia@zuojia.net.cn
http://www.haozuojia.com（作家在线）
印　　刷：北京中科印刷有限公司
成品尺寸：130×185
字　　数：122千
印　　张：5.75
版　　次：2018年11月第1版
印　　次：2018年11月第1次印刷
ISBN　978-7-5212-0070-6
定　　价：38.00元

"你是怎么破产的？"比尔问。

　　"以两种方式，"麦克回答说，

　　　　"先是慢慢破产，然后再突然破产。"

　　　　　　　　——海明威，《太阳照常升起》

目
录

现在清晨六点，你知道你在哪吗？

你不是大清早会待在这种地方的人。但你偏偏人在这里，而且不能说你对此处毫不熟悉（你至少对它的细节还有点模糊的概念）。你人就在一家夜店里，面前坐着一个光头妞。这家店既不是"心碎"，也不是"蜥蜴廊"。只要你遁入洗手间，再吸一点点"玻利维亚行军散"①，头脑说不定就会灵光起来。不过这一招也许不会管用。你脑子里有一个小小的声音坚称，你之所以老是不灵光，正是一直灵光过了头的缘故。夜已经在不知不觉中，溜过了凌晨两点与清晨六点之间的支点。你知道那一刻已经来过又走掉，却还不愿意承认你整个人已经完全溃散，而你舒张开的神经末梢也已经麻痹。你本来可以在更早之前选择止损，但你却骑着一线白色粉末构成的流星尾巴驰过了那一刻，以致现在只能设法抓到最后一根稻草。此刻，你的脑子是由一旅的玻利维亚小士

① 玻利维亚古柯碱的昵称。——译注（本书注释若无特殊说明，均为译注）

兵所构成，他们因为一夜行军而疲惫不堪，满身泥泞。他们的靴子破了洞，肚子咕咕叫。他们需要进食。他们需要"玻利维亚行军散"。

四周的风光有点原始部落的况味：摇摇摆摆的首饰、浓妆艳抹的脸、夸张的头饰和发型。你还感受到这里穿插着拉丁美洲主题：你的血管里不只有水虎鱼游来游去，而马林巴琴的余音也在你脑子里缭绕着。

你挨在一根柱子上。你不知道这柱子是不是建筑结构的一部分，但它却断然是维持你直坐姿势所不可少的。那光头妞正在说：这里在那批王八蛋发现以前原是个好地方。你不想跟这个光头妞说话，甚至不想听她说话，但你却不想去测试语言的力量或移动的力量。

你是怎么会来到这里的？是泰德·阿拉格什带你来的，到了之后他便不见人影。泰德是大清早会待在这种地方的人。他要么是你的好自我的反映，要么是你的坏自我的反映，但你不确定是何者。刚入夜的时候，他看来俨然是你的好自我的反映。你俩先是在上东区逛夜店、喝香槟、在无限的机会中寻寻觅觅，并在过程中严守阿拉格什的行动原则：不停地换地方，每一站只喝两杯。泰德的人生使命是要过得比纽约市任何人都更快活，而这表示你们得要不停地移动，因为下一站总是有可能比上一站更能让人快活。他坚决否定人生有比寻欢作乐更高的目标，而这让你又敬又畏。你想向他看齐，但你同时认为他这个人肤浅而危险。他的朋友全都有钱且娇生惯养，他堂哥就是一个例子。这个堂哥昨晚稍早和你俩一起喝酒，但稍后却不肯陪你俩往第十四街以西的方向移动，理由是（他说）他没有低等生活的签证。他女朋友有一副足以刺碎你心脏的颧骨，而你知道她是个货真价实的王八蛋，因为她从头到尾都把你当成空气，拒绝承认你的存在。所以，她的各种秘密（拥有几座岛、几匹马和法语发音标不标准）都是你永远不可能知道的。

光头妞的头皮上有一道疤痕状的刺青，看起来就像缝合过的长长刀疤。你告诉她这刺青很写实。她把这话当成恭维，向你道谢。但你只是把"写实"当成浪漫的反义词使用。

"我的心脏也合该文一道这样的东西。"你说。

"我可以给你刺青师傅的电话，收费便宜到会吓你一跳。"

你没告诉她，如今已经没有任何事可以吓你一跳。她的声音就是一个例子：这声音活像是用电动刮胡刀演奏的新泽西州州歌。

光头妞是你一个烦恼的缩影。这烦恼就是：出于某种理由，你总是以为你会在这种地方的这个钟点碰到一个不会在这种地方这个钟点出现的女孩。真给你碰上的话，你将会告诉她，你真正向往的是住在一栋有花园的乡间房子里，因为你对纽约的一切（包括它的夜店风光和它的光头妞）已厌倦得无以复加。你会出现在这里，只是为了测试自己的忍耐极限，以提醒自己你不是那种人。在你的认定，你是那种喜欢星期天一大早便起床的人，起床后会外出买一份《纽约时报》和几个牛角面包。一面吃早餐一面看报的时候，你会扫描"艺术与休闲版"，看看有哪个展览值得参观（例如在大都会博物馆举行的哈布斯堡王朝服装展，或在亚洲学会举行的室町时代漆器展）。然后，你会打电话给你在星期五晚上出版界餐会认识的一位女孩，问她想不想一起去看展览，不过你会等到十一点才打电话，因为她也许不像你是个早起的人。另外，她前一晚也可能上过夜总会，很晚才睡。你俩也许可以在参观展览以前先打两局网球。你不知道她打不打网球，但她当然会打。

真给你碰上那个不会在这种地方这个钟点出现的女孩的话，你将会告诉她，你正在逛贫民窟，正在出于好玩而造访你自己那个清晨六点钟的下东区灵魂，并动作敏捷地在一堆堆垃圾之间应和着脑子里欢快的马林巴琴旋律踏步。好吧，"欢快"不是精确的形容，但她自会了解你的真正意思。

另一方面，几乎任何女孩（特别是头发齐全的）都可以帮助你挡开这种悄悄入侵的死亡感。你记起了你身上还有"玻利维亚行军散"，意识到你还没有输得一败涂地。不会有这种事的，荷西，门儿都没有！但你得先把光头妞给打发掉才行。

洗手间里的单间都没有门，让人行事起来很难安心。但明显的是，你不是这里面唯一需要补充燃料的人。窗户都是封死的，店家这种贴心举动让你满怀感激。

齐步走，一，二，三，四。那些玻利维亚士兵又全都站了起来，跑步组成了队形。他们有些人在跳舞，而你无法不跟着他们起舞。

一出洗手间你便瞄到一个合你意的：她个子高，深色皮肤，单独一人，半张脸被舞池边缘的一根柱子遮住。你径直向她走去。当你碰碰她肩膀时，她弹了起来。

"想跳舞吗？"

她看你的样子就像你邀她接受强暴。当你再问一次的时候，她说："我不会英语。"

"Français①？"

她摇摇头。为什么她看你的眼神就像你两个眼窝里各住着一只狼蛛？

"您不会刚好是玻利维亚人吧？还是秘鲁人？"

她左右张望，想找人搭救。这让你回忆起，前不久你在"丹斯提利亚"（还是"红鹦鹉"？）向一个女小开搭讪时，她保镖的夸张反应吓得你赶紧退后一步，举起双手。

那些玻利维亚士兵仍然站着，但不再大唱军歌，也停止了跳舞。你意识到自己来到了一个士气存亡的关口。你需要泰德·阿拉格什给你来一通精神训话，但他却无处可寻。你设法想象他会说些什么：骑回马背上去，现在才真正需要找些乐子，诸如此类。你忽然明白，他一定是已经跟某个有钱的骚货搭上了，回到她第五大道的家。两人从一些明朝的深花瓶里挖出上好的古柯，再撒在彼此的裸体上吸服。你恨泰德·阿拉格什。

回家吧，止损吧。

留下，勇往直前。

§

今晚你是个声音的共和国。不幸的是，这共和国是意大利。

----

① 法语，意为"法国人"。

所有声音都挥舞着双臂，向彼此尖叫。有一个声音是来自梵蒂冈：忏悔吧，你的身体是上帝的圣殿，而你正在亵渎它。毕竟，今天是星期天早上，而只要你脑子里还残存着脑细胞，便一定会有嘹亮的男低音歌声从你童年的大理石拱顶传来，提醒你今日是主日。你需要的是买另一杯贵死人的酒把这歌声淹没。但经过一番搜索后，你从各个口袋里只找到一张一美元钞票和一些零钱。先前，为了来这里，你付了二十美元的计程车车资。你开始恐慌了起来。

你看见舞池边坐着另一个女孩，而从长相来研判，她是可以让你得到尘世救赎的最后一个机会。你知道，因为你好死不死忘了戴太阳眼镜（但你当初又怎么知道自己会鬼混到天亮！），所以假如你是一个人离开夜店，外头刺目和纯洁得像天使的阳光将会把你化成一堆骨血。死亡将会透过你的视网膜把你刺穿。但那个穿锥形裤的女孩却可以救你一把。她留着一根向一侧绕的复古马尾辫，是那种你乐于在游戏到这么晚的阶段找到的候选人，相当于性方面的一客速食。

当你邀她跳舞时，她耸了耸肩，点了点头。你喜欢她的肢体动作，喜欢她那椭圆形、油油的屁股和肩膀。跳完第二首歌之后，她说她累了。你问她需不需要来一点"提神剂"，她听了像是被雷击中。

"你有古柯？"她问。

"史蒂夫·汪德①是瞎子吗？"

---

① 美国盲人歌手。

她拉住你的手臂，把你带到女厕。吸过两调羹之后，她似乎觉得你还算顺眼，而你也觉得自己非常讨人喜欢。她又再吸了两调羹。这个女的有个吸力像吸尘器的鼻子。

"我喜欢禁药。"她在你们走向吧台的时候说。

"这是我们的共通之处。"你说。

"你有没有注意到，所有可爱的单字都是以字母 D 开头？要不就是以 L 开头。"

你设法思考这话，不太确定她的用意何在。玻利维亚士兵正在唱着军歌，但你想不出来有哪些可爱单字是以 D 开头。

"比方说 drugs（禁药）、delight（开心）和 decadence（颓废）。"她说。

"Debauchery（放荡）。"你说，开始跟得上她的步调。

"Dexedrine（德克西得林）①。"

"Delectable（令人愉快的），deranged（疯狂的），debilitated（疲惫不堪）。"

"Delirium（精神亢奋）。"

"换 L 字头的，"她说，"lush（奢华的），luscious（甘美的）。"

"Languorous（无精打采的）。"

"Librium（利眠宁）②。"

"Libidinous。"

"那是什么意思？"她说。

"性急难耐（horny）。"

---

① 中枢神经刺激剂。

② 一种安眠药。

"呃。"她说，越过你肩膀投出一个弧形的长长凝视。她的凝视让你联想到一扇正在关上的淋浴间磨砂玻璃门。你知道游戏已经结束，只差不知道你是犯了哪条游戏规则。也许是她讨厌 H 字母开头的单字。好个清教徒。她扫视舞池，想找到一个识字量与她旗鼓相当的男人。这时你想到了更多以 D 开头的单字，例如 detumescence（消肿），还有 drowning（遇溺）和 depressed（忧郁）。再来还有以 L 开头的：lost（失落）和 lonesome（寂寞）。你不准备怀念这个把 decadence 和 Dexedrine 视为詹姆斯王和李尔王的英语的最高境界的女孩，但她的皮肤触感却让你留恋，而她的声音也至少像个正常人……你知道，外面的破晓阳光里有一座炼狱在等着你，会在你亟须睡眠的头盖骨上滴下油脂火。

那女的挥了挥手，然后消失在人群里。没有另一个女孩（那个不会出现在这种地方的女孩）的踪影，也没有泰德·阿拉格什的踪影。那支玻利维亚士兵开始不耐烦。你无法阻止他们发出哗变的声音。

走入早晨日光下的感觉比你原先预期的还要糟。刺目的阳光就像是妈妈的责备。行人道的反光耀目得残忍。你整个人都暴露在外，无所遁形。在斜照的日光下，下城区的仓库显得静谧、安详。一辆开往上城区方向的计程车经过，你向它挥手，但随即想起自己一文不名。车子停了下来。

你慢跑过去，向车窗探身。"我看我还是走路算了。"

"浑球。"司机骂了一句之后开走。

你开始向北行，举起一只手遮在额上。一辆辆货车在哈德逊街隆隆开过，把各种补给品带进还在沉睡的城市。你转而向东，去到第七大道时看到一个满头发卷的老女人在遛一条德国牧羊犬。那狗本来正在用鼻子拱人行道上的裂缝，但当你走近的时候，它突然静止不动，摆出高度警戒的姿势。老女人看你的眼神，仿佛你是刚从海上的油污里爬出来。牧羊犬从喉头发出微微怒吼。"乖，普基，别动。"那狗想要有所行动，但被女主人拉住。你对他们敬而远之。

在布利克街，你闻到了那家意大利烘焙坊的香味。你站在布利克街和科妮莉亚街的十字路口，张望一栋出租公寓四楼的窗户。窗户后面是你和阿曼达初来纽约时住过的公寓。公寓小而暗，但你喜欢它那个做工不完美的压锡天花板、厨房里那个有四只兽爪的浴缸，和那些与窗框不太贴合的窗子。你那时刚有了工作，可以缴得起房租，而附近也有你最喜欢的餐馆：餐馆的女侍应叫得出你俩的名字，而且容许你俩带自己的葡萄酒来用餐。每天早上，楼下烘焙坊出炉的面包香气都会把你叫醒。起床后，你会下楼买份报纸和两个牛角面包，而阿曼达会把咖啡煮好。那是两年前的事，当时你俩还没结婚。

§

走过"西区公路"的时候，你看到一个穿高跟鞋和裙子的妓女，她那孤零零一个人苦苦来回踱步的样子，就像知道今天不会有打新泽西而来的通勤者穿过隧道。然而待你走近，才发现那是个穿女装的男人。

你穿过老旧高架公路的生锈支柱下方，去到突堤。从东方而来的日光在哈德逊河的宽阔河面飘动着。你小心翼翼，往霉烂突堤的末端走去。你的脚步不是很稳定，而突堤面蚀穿了一些破洞，看得见底下发恶臭的黑色河水。

你在一个垛上坐下，眺望哈德逊河。下游处，自由女神像闪耀在薄雾之中。河对岸伫立着一个巨大的"高露洁"广告招牌，欢迎你进入花园之州新泽西。

你目送一艘垃圾驳船肃穆前进，在一群尖叫海鸥的簇拥下向大海驶去。

你再一次来到这里，再一次搞砸一切又无处可去。

事实查证部

星期一按时抵达。你睡掉了它开头的十小时。星期天发生过什么事只有天晓得。

你在地铁月台等了十五分钟。最后，一列满布涂鸦的慢车慢吞吞开进了车站。你找了个座位，打开一份《纽约邮报》来看。《纽约邮报》是你许多瘾头之中最丢人的一种。你痛恨自己每天花三十美分支持这种垃圾，却又暗地里迷上它的各种专栏："杀人蜂""英雄条子""性成瘾者""乐透赢家""少年恐怖分子""莉兹·泰勒""活生生的噩梦""另一个星球的生活""神奇食谱"和"昏迷宝宝"。"昏迷宝宝"这天登在第二版，标题是"昏迷宝宝的姐姐呼吁：救救我弟弟"。图画中的女孩四五岁，泪光泫然。她妈妈是个孕妇，因为出车祸而躺在医院里，迄今已昏迷了一星期。这几天来，《纽约邮报》读者的最大悬念便是"昏迷宝宝"最终会不会看得见产房里的灯光。

地铁摇摇晃晃朝第十四街开去，途中在隧道里停下来休息了两次。当你正在读有关莉兹·泰勒新男友的描写时，一只脏兮兮的手拍了拍你肩膀。你用不着抬头便知道对方是个社会伤员，是本市的 MIA①之一。你很愿意施舍他几两银子，但其他乘客那些长距离的目光让你神经紧张。

你在那人第二次拍你肩膀时抬起了头。他的衣服和头发都颇为整齐，看似是最近才偏离社会规范，但他眼神茫然，嘴巴恶狠狠地念念有词。

"一月十三是我生日，"他说，"到时候我就二十九岁。"不知怎地，他的声音就像是威胁着说要用钝器杀你。

"很好。"你说，然后低头继续看报纸。

当你第二次抬头，他已走到车厢中间，专心致志地看着一家商业训练学校的广告。然后，就在你还看着他的时候，他突然往一个老太太的大腿坐下。老太太想要起身，但被他牢牢压着。

"抱歉，先生，你坐到我身上了。"她说，"抱歉，先生，请你让开。"车厢里几乎每个人都在看着这一幕又假装没看见。那男人双手抱胸，把背靠得更后。

"先生，求求你挪开。"

你觉得难以置信。车厢里有六个身强体壮的男人，全都离老太太只有吐一口痰的距离。你本想跳起来干涉，但又认定某个坐得更近的人一定会采取行动。老妇人低声呜咽。随着一分一秒过去，你愈发难以站起来，因为你愈迟站起来，便愈会让别人注意到一件事情：为什么你没有更早行动。你只盼着那个男人会自动

---

① 指在作战中失踪的士兵。

站起来，放过老太太一马。你想象《纽约邮报》会出现这样的新闻标题：老奶奶被一个疯子坐扁，一群窝囊废袖手旁观。

"求求你行行好，先生。"

你站了起来。同一时间，那男人也站了起来。他拍了拍身上的大衣，走到车厢的远端去。你愣在那里，感到自己一副蠢相。老太太拿出纸巾擦眼泪。你很想过去问问她要不要紧，但又想到现在才做这个已经了无意义。你重新坐了下来。

你在十点五十分到达时代广场。第七大道的日光害你不断眨眼。这里的阳光实在太过头了。你伸手摸索太阳眼镜。你打第四十二街走过，穿过红灯区。每天都会有同一个老头在这里反复吆喝："妞儿、妞儿、有妞儿，来看看货色，来看看货色。各位先生，免费参观。来看看货色，来看看货色。"他的用字和韵律从不改变：蛇女卡拉、调皮萝拉、火辣真人秀——妞儿、妞儿、有妞儿。

在四十二街等红绿灯时，你在电灯柱上有如各种野葛般纠缠的单张之间看到一张新贴的海报，标题写着"寻人启事"几个字。面对你的女孩露齿而笑，看样子大约是个大学新人。你读了内容：玛丽·奥布莉安·麦肯，纽约大学学生，碧眼、棕发，最后被人看到是在华盛顿广场公园一带，当时穿着蓝色套头毛衣和白色女罩衫。你的心沉了下去。你想到她那些泪眼泫然的亲人，就是他们用手写出了寻人启事，贴在这里。他们八成永远不会知道失踪的女孩碰到了什么坏事。绿灯亮起。

你在街尾买了一个甜甜圈和一杯外卖咖啡。这时是十点五十八分。地铁抛锚这个借口已经被你用残用旧了。你也许可以考虑告诉克拉拉，你会迟到是因为上班途中参观了一下蛇女卡拉，被她的蛇给咬到。

　　走入大厦的大厅时，你的胸口因为预期心理而紧绷，喉咙也发干。以前你每逢星期一走进学校都有这种感觉。你因功课没做完而害怕，也担心午餐时会不知道要坐哪里。虽然你每一年都换一所新学校，仍然于事无补。走廊的淡淡消毒水气味和老师的臭脸都让你反胃。不知怎地，你现在的顶头上司克拉拉·蒂林哈斯特长得就像你四年级的专制的班主任——那班主任是个看不出年纪的纪律主义者，认定所有小男生都邪恶，而所有小女生都轻佻，唯一解药是把正确知识像钉钉子那样，钉进他们橡木般的死硬脑子里。克拉拉·蒂林哈斯特（外号"克林法斯特"①）就像管理一班正音班那样管理着"事实查证部"，而你近日并没有得到多少颗金色小星星②。你是靠着咬牙苦撑才挨到现在。如果"克林法斯特"做得了主，你早被扫地出门，不过本杂志社素来有一个传统，那就是死不认错。相传，这里从没有炒鱿鱼的事例：就连一个把两出百老汇歌剧搞混的影评和一篇五千字的抄袭文章也都获得从轻发落。这里很像常春藤联盟（它的员工大部分也是来自这个联盟），或者说很像一个讳莫如深的新英格兰世家大族，从不会把自己的家丑外扬，让别人知道它有一个最不长进的子弟。不过，因为你充其量只算这家族的远房子侄，所以，如果家族在一个偏远和疟疾为患的殖民地有什么生意，你早早便会被外放到

---

① 克林法斯特（Clinghast）这个字有"死缠不放"的意思。
② 金色小星星是小学老师给学生的奖励标志。

那里去（但不会给你带着金鸡纳霜①）。你犯过的过错车载斗量。你固然不太会去特别记这些过错，但克拉拉却把它们一一记录在案，收在一个档案抽屉里，不时拿出来重温一遍。克拉拉有着钢制老鼠夹般的意志，心肠则硬得像是煮了二十分钟的水煮蛋。

电梯操作员鲁西欧向你说了声早安。他是西西里人，在这里工作了十七年。只要接受一星期的训练，他大概就能胜任你现在的工作，而你则会被改派去整天盯着电梯开上开下。这时，电梯箭也似的把你送到二十九楼。你对鲁西欧说再见，然后对接待员莎莉说早安。莎莉是所有员工中唯一有低阶层口音的。她住在纽约外围一个区，天天上班都需要取道一座桥或隧道。一般来说，这里的人是靠喝英国"唐宁牌"早餐茶断奶的，而克拉拉则是在念瓦萨尔学院时苦练出洪亮的母音和空手道手刀似的子音。她对自己出身内华达州的背景非常敏感。本社的编制内写手当然是另一回事：他们有些是外国人，而且其中一些极不爱交际，喜欢在奇怪的钟点出入他们位于三十楼的小小办公室，总会等到晚上才把稿子从门缝下面塞进来；又如果他们在走廊里远远看见你，便会马上躲到附近一间无人的办公室去。他们之中最神秘的是一个外号"幽灵"的人，据说为了写好一篇稿子已经写了七年。

编辑部占了两层楼。销售部和广告部位于几层楼之下，而这种分隔是为了强调艺术部门和商业部门的绝对彼此独立。销售部和广告部的人穿西装，说的是一种不同的语言，办公室地板铺地毯，墙上挂着平版画。根据不成文的规定，你不应该与他们聊

---

① 可治疟疾的药物。

天。在你所工作的高楼层，空气稀薄得无法支撑宽幅地毯，只能以衣衫褴褛的风格来表现自负。如果你把鞋擦得太光亮或老是把裤子烫得太服帖，就会让人怀疑你穿的是意大利货。编辑部的空间格局犹如分租给囊鼠居住的公寓大楼：每间个人办公室都像啮齿动物的洞穴大小，走廊宽度仅够两个人迎面错身而过。

你踩着油布地毯去到"事实查证部"。克拉拉的办公室隔着走廊与"事实查证部"面对面。这办公室的门几乎总是开着，好让任何进出"事实王国"的人都逃不过她的法眼。她当然喜欢有自己的隐私（隐私代表着荣誉和特权），但在鱼与熊掌不可兼得的情况下，她大都是选择以一双利眼盯紧自己的地盘。

今天早上这扇门大开着，让你别无他法，只能在胸口画十字，再打它前面走过。你走进查证部前用眼角余光瞄了她的办公室一眼，里头没人。除了哈伯德，你的所有同事都已各就各位。哈伯德去了乌兹口查证一篇有关龙虾养殖的报道。

"早安，各位无产者同仁。"你说，快步走到自己的座位。事实查证部占有杂志社最大的办公空间。如果象棋队有一个专用更衣间的话，样子大概就会像这里。办公室一共有六张书桌（一张留给编制外写手使用），墙上摆着一排排共几千本的参考书。每张书桌都铺着灰色的油布地毡，地板上的油布毡则是棕色。书桌的摆设位置反映着一种绝对的阶层制：离克拉拉办公室最远和离窗户最近的一张书桌，是提供给最资深的查证人员使用的。你自己那张书桌就在门旁边，后面是一排排书架。不过，一般而言，查证部的气氛民主而融洽，没有人会摆架子。对杂志社表现出狂热忠诚是本社各部门的守则，但这守则在查证部里却受到了"部内忠实"的柔化：大家都有一种同仇敌忾的意识。因为如果一篇文章刊登后发现内容有失实之处，那会被钉十字架的不是写手，而是负责查证该文章的查证人员。不过这个人不会被炒鱿鱼，只会被申斥，大概还会降职到收发室或打字房。

有十四年查证资历的同事里腾豪斯向你点点头，道了声早，看来神情凝重。你怀疑，这表示克拉拉已经找过你了，换言之，最后一根稻草已经徐徐落下中。

"克拉拉进来过了吗？"你问。他点点头，然后红着脸低头看自己的蝴蝶领结。里腾豪斯有一点点喜欢看你出糗，但又会忍不住为此有罪恶感。

"她看来很不高兴。"他说，然后补上一句，"但这只是我的感觉。"这个补充再次证明他具有专业上的谨慎。里腾豪斯有大半辈子是花在读这时代最优秀的一些文学和报道作品上，但目的只有一个：把"事实"的部分和"主观"的部分区隔开来，再把后者弃如敝屣。积满灰尘的书册、微缩底片和越洋电话电缆是他查证事实的凭借。他是一个世界级的侦探，但他的敬业精神让他变得谨言，就像有一个目光炯炯的克拉拉·蒂林哈斯特就站在他的脑干上，随时准备好对他那些未经验证的言论来一记当头棒喝。

离你最近的同事野洲·韦德正在查证一篇科学文章。这是一个得宠的表征，因为克拉拉一般都会把科学性作品留给自己查证——这种查证工作的要求最严苛，也最能带来成就感。韦德正在通电话。"好吧好吧，"他说，"但微中子跟文章的其他部分有什么相干的？"韦德自小在一个空军基地长大，后来才逃到了本宁顿和纽约。他说起话来像个阳光地带①的娘娘腔,发鼻音时会有点口齿不清,偶尔会把 r 音和 l 音搞混(特别是在说 president-elect 这个字的时候)。他妈妈是日本人,爸爸是出生于休斯敦的空军上尉。两人在美国占领日本期间结婚,而野洲·韦德则是他们最不可能的一个结晶。他喊自己为"黄色的极品"。韦德这个人喜欢糗你,但糗你的同时也总有办法让你莞尔。他仅次于里腾豪斯,是克拉拉的第二号爱将。韦德总是自自然然就能融入四周的环境,变得像是看不见似的。

"你姗姗来迟啊。"他挂上电话之后对你说,"这不是办法,事实是不等人的。就格林威治标准时间来说,姗姗来迟是错误的一种。根据格林威治标准时间,现在是十五点十五分,换算为'东岸节约日光时间'的话(这是这里大部分人遵守的时间),则是十一点十五分。这办公室的开工时间是早上十点,换言之,你是晚了一小时又十五分。"

事实上,事情并没有韦德所讲的那么绝对。为了显示高人一等,克拉拉都是在十点十五分至十点三十分之间上班,所以,只要你能够在十点半之前就定位,基本上便是安全的。问题是,你总有办法每星期至少错过这条底线一次。

"她 pissed(发火)了吗?"你问。

"我不会这样形容。"韦德说,"我比较喜欢用英国人的方式来理解 pissed 这个单字,就是把它用作'醉倒'的口语同义词。举个例子来说:劳瑞②笔下的领事曾经在夸恩纳华克因为喝麦斯

---

① 阳光地带是美国的南部和西南部。

② 马尔科姆·劳瑞(Malcolm Lowry,1909—1957):英国诗人和小说家,他的小说《火山下》讲述一个嗜酒的英国领事在墨西哥小镇夸恩纳华克(Quauhnahuac)的遭遇。

卡尔酒而 pissed。希望我没有把夸恩纳华克这个字给念错。"

"你拼得出来吗？"

"当然。不过让我们回到原先的问题：对，克拉拉是有一点点光火。她对你感到不悦，又或者应该说，她因为你印证了她最坏的预期而感到高兴。换作我是你……"说到这里，他忽然望了望门口，接着说，"换作我是你，我就会转回身去。"

克拉拉就站在门口，样子像沃克·埃文斯在经济大萧条时期拍到的人物：燧石似的脸，眼神里充满猜疑。她是光圈的守护者，是第二版《韦氏大词典》的女大祭司，有着一双鹰眼和一个小猎犬般的鼻子。她用一种足以碎石的眼神瞧了你一眼，然后退了出去。看来，她是准备要让你先忐忑不安一阵再对付你。

你低头从书桌抽屉找出一管"维克斯"通鼻剂，想要在结冰的脑袋里犁出一条路。

"鼻窦炎的老问题还没好啊。"野洲·韦德说，给了你心照不宣的一望。他以自己能赶在潮流尖端为傲，但他为人太谨慎，以致不敢做任何危险或肮脏的勾当。你固然怀疑过他的性取向，但终归只是怀疑，并没有事实根据。他喜欢拿一些热门八卦去贴别人的冷屁股，总是不厌其烦地告诉你谁正在跟谁睡。这倒不是说你会介意。而上星期被传睡在一起的是大卫·鲍威和雷尼尔三世。

你设法静下心来处理一篇报道法国选举的文章。你的任务是确保文章里没有事实性错误和拼写错误。在目前的个案中，事实性的陈述是那么启人疑窦，每每要把你吸进一些巨大的诠释空间。写手（他本来负责写餐馆评论文章）尽情挥洒他对形容词的爱好和对名词的藐视。他形容一个内阁部长是"多瘤的"，又形容一个崛起中的社会主义者是"微棕色"。你相信，"克林法斯特"交这篇东西给你查证，是为了让你自行了断。她知道这文章一塌糊涂，八成也知道了你在履历上自称法语流利是个弥天大谎。要搞定这文章需要打许多通电话到法国，而你上星期才惹恼了很多不同的次部长和他们的助理。另外，出于私人理由，你目前不想打电话到巴黎或是说法语，或是想到那个鸟地方。这理由与你太太有关。

你根本不可能查证得了文章里提到的每件事，也不可能用一种优雅的方式承认失败。现在，你只能祈祷作者自己多少做过一些查证，以及祈祷克拉拉不会像平素一样，用她有剃刀梳齿的梳子把校样耙梳一遍。

她为什么会恨你呢？当初录用你的不就是她吗？事情是从什么时候开始变调的？她嫁不出去并不是你的错。自从你经历过婚姻的珍珠港事变之后，你便开始明白，孤枕独眠是可以解释许多怪诞和不可理喻的行为的。有时候你会想要告诉她：哎，我知道那是什么样的感觉。因为你在哥伦布市郊外一间钢琴小酒吧撞见过她，当时她一个人捧着酒杯，等着谁来搭讪。而当她开始处处针对你之后，你曾经想对她说：何不干脆承认您心里有痛？不过，到你明白这个道理时已为时太晚。她只想要你消失。

也许，这一切是从约翰·唐利维写的书评开始的，那书评是他得了第二次普利策奖之后的小试牛刀。那时你进入杂志社才几星期，而克拉拉又刚好要休一星期的假。书评在事实查证部被认为是轻量级的东西，所以克拉拉便把唐利维的书评留给你来处理。出于天真无知，你不只修正了稿子里偶尔引错的引文，还对

文章的文体提了一些修改建议，并就作者对所评之书的诠释提出
了若干疑问。弄好之后，你把校样交出，高高兴兴地回家去。好
死不死，校对的流程出了差错，送去给唐利维过目的不是编辑
处理过的稿子，而是你处理过的稿子。那编辑是个有点嫩的女
孩，才刚从耶鲁大学毕业（在耶鲁编过校刊），对于自己有机会
能够亲近唐利维大感荣幸。她在看过你的校样之后又惊又怒，把
你召去她的办公室，对你史无前例的行径大加挞伐。竟然敢改动
约翰·唐利维的文体！真是可怕，不可思议！你只是个区区的资
浅查证人员。如果你有念过耶鲁，也许就会学到点何谓礼貌。就
在她苦思要怎样向唐利维解释的时候，唐利维却打来电话，表示
欣赏你的建议，并说他已经根据你的建议做出了多处修改。这内
幕消息是接线生告诉你的，他听了两人的谈话。但那女编辑自此
不再跟你说话。克拉拉回来上班之后也是训了你一顿，内容和那
个女编辑差不多，但又加上一句，说你已经让她本人和整个查
证部蒙羞。当期杂志出来之后，你看到你最好的建议全都得到
采纳，让你不无一点成就感。但克拉拉对你的温暖母爱却至此
结束。

　　就像是要印证克拉拉的指责有理似的，你最近的工作表现不
再是无疵可寻。然而这工作本来就与你的性情气质不合。你试了
又试，但就是无法相信自己做着的是上帝的工作，甚至无法相信
那是一份人做的工作。电脑的发明不就是为了让我们可以从这一
类乏味的苦差事中得到解脱吗？

　　事实上，你想要进的不是什么事实查证部，而是小说部。你
曾谨慎地表达过这意愿好几次，只不过小说部已经多年没有出

缺，让你无从换起。查证部的人习惯小觑小说，认为小说只是一堆没有事实骨架支撑的血肉。他们的普遍观感是小说已死，至少是已经变得无足轻重。不过，要你选，你却宁取贝娄①写的一篇新小说，而不是一篇报道共和党代表大会的文章。杂志刊登的所有小说都要经过查证部，但由于除了你以外没有人愿意处理小说，你便把这方面的工作全揽下来，进行例行的查证：例如，如果一篇以旧金山为背景的小说里出现一个叫菲尔·多克斯的神经病，你便得翻开旧金山的电话簿查一查，以确保该市没有一个同名同姓的人，免得杂志社吃上毁谤官司。所以，小说的查证目的与查证事实相反，是要查证故事没有在无意中与真人实事雷同。这样的工作让你有时会读到一些不错的小说。起初，"克林法斯特"对于你自愿承担一份没人愿意干的差事感到高兴，但后来却责怪你把太多时间花在处理小说上面。你被看成是"事实王国"里的一条懒虫。另一方面，小说部的人又不太乐于听到你指出他们的小说犯了哪些事实性错误：例如，有一篇涉及假饵钓鱼法的小说提到，俄勒冈州某条溪的钓客使用"邓斯"假饵来钓鱼，但事实上，当地人从不会用这种假饵②。所以，在小说部的人眼中，你又成了一个来自迂腐国度的大使，不请自来又不受欢迎。小说部的编辑没好气地问你："那么，该死的俄勒冈州到底是用什么鬼假饵？"你回答说："其中一种是'鲑蝇'假饵。"这时你很想大声告诉他：这是我的分内工作！我自己又何尝喜欢这工作！

① 指索尔·贝娄（Saul Bellow），美国著名作家，一九七六年诺贝尔文学奖得主。
② 用什么假饵钓鱼有时需考虑当地鱼类的习性。

梅根·埃弗里走到你的书桌，拿起野洲·韦德在你上次生日时送的一幅镶框刺绣。那是他亲手制作的，上面还绣了两句歌词：

> 事实全来自观点角度
> 事实不干我想让它们干的事情
> ——"脸部特写"合唱团

收到这礼物时，你不太知道你是应该感激韦德为你花这个时间，还是气他暗讽你缺乏专业。梅根问你："你最近一切都好吗？"你说你没什么可抱怨的。"真的？"她继续追问，让人感觉这世界真有诚恳这回事。为什么你一直没有对她推心置腹呢？她比你年长也比你有智慧。你不确定她多大年纪：她看起来没有一个特定年纪。要你形容，你会形容她是有吸引力的，但她的个性是那么的真诚和务实，让你很难觉得她是有性别的生物。结过一次婚的梅根，乐于帮助朋友度过他们的很多灾难。你欣赏她。你并不认识太多体贴的人。也许你可以考虑找她一起吃吃午餐。

"我一切都好，真的。"你说。

"那篇法国东西需要人帮忙吗？我目前并不太忙。"

"我想我处理得了。谢谢。"

这时，克拉拉出现在查证部的门口。她向你颔首示意。"我们决定把那篇法国文章提前一期刊登。这表示我需要你今天下班前便把它弄好，放在我的办公桌。明天下午便要结案。"她顿了一下。"你弄得了吗？"

没有一丝弄得出来的机会，而你怀疑她也知道这一点。"我今晚会直接把稿子送校对，省去您的麻烦。"

"放在我的办公桌。"她说，"需要别人帮忙的话，现在就告诉我。"

你摇摇头。要是她看到你的校样是什么模样，你就死定了。你没有遵守程序。你在该用铅笔做注记的地方用了钢笔，在该用红笔之处用了蓝笔。你在页边写了一些电话号码，又不小心地让校样沾了几个咖啡杯印。总之，你做了一切《事实查证手册》叫你别做的事。现在，你必须找一份干净的校样，重新做起。克拉拉对程序一向看得很重。

面前的工作让你起床时感受到的头疼复活过来。你已经精疲力竭，只有八天的蒙头大睡可以让你恢复过来。也许还需要一船的行军散才能帮助你熬过这个磨难。但光是面对这工作便超过你的能耐。你应该对提前刊登的决定表示抗议。为什么没有人先问过你那篇东西是不是已经几乎可以出货呢？就算你会说法语，查证这东西也需要好几天时间。要不是害怕克拉拉检查你的校样，你当时大概就会抗议。

如果你是日本人，这会是个应当切腹的时候。切腹前应该先写一首告别诗歌，哀叹樱花的易凋和青春的短暂，然后用裹住白绫的刀刃直插腹部，插入后把刀锋往上推，再向右切过你的胃肠。可千万别呜咽或流露出痛苦的表情，那不符合武士道精神。你是在处理一篇谈日本的文章时学到这些细节的。但你缺乏武士的决心。你是那种总是指望最后一分钟会有奇迹出现的人。虽然曼哈顿不是处于地震带，但爆发核战争的可能性总是存在。除了一场核战争，你想不出来还有什么事情可以延宕杂志的出版进程。

"教主"在中午刚过不久轻手轻脚地走过查证部的门口。这时你正好抬头，让他看个正着（他是个出了名的大近视）。他很正式地给你鞠了个躬。"教主"的为人难以捉摸，你必须看他看得非常仔细，而且要知道看哪里，才会看出他的喜怒。虽然你从未见过一个维多利亚时代的办事员，但八成就是他的样子。在杂志社里，他天生的沉默寡言已被提升为一条原则。作为一个王朝的第四代接班人，"教主"已经统治了杂志社二十年。想要发现他的心思是全体员工的悬念。没有任何未经他热烈推许和最后过目的东西可以收入杂志。他的喜好没有准则，而他也不会为自己的选择做任何解释。他对需要一个助理帮他忙这一点感到痛苦，但他不管对谁都保持礼貌。杂志社没有一个正式的副司令，因为有这样一个副司令，便意味着杂志总有一天会易帅，而"教主"无法想象这杂志社可以没有他。克里姆林宫的情形一定也是差不多。大概因为他猜到自己无法永生，所以任何太直接处理死亡题材的小说都不受本杂志的欢迎；大部分谈到近视的文字也会被他删掉，没有任何细节会细到可以逃过他的法眼。

你与"教主"只有过唯一一次的直接接触。那一次，他把你叫进办公室，表示他担心总统可能用错字。你当时负责查证的文章提到，总统在发言时指出，急促（precipitous）的行动很要不得。"教主"觉得，总统想说的其实是"仓促"（precipitate）。他要你打电话到白宫，请他们允许做出这个更改。你尽职地打了电话给白宫，设法解释这两个字的微妙不同有多么事关重大。你花了几个小时等待转接。那些相信你是认真的白宫人员都不愿意为更改背书，其他人则是把你当成笑话。这时候，文章即将送印。"教主"第三次召你前去，鼓励你继续努力。最后，当排印室鬼叫着要最后一篇稿子时，一个妥协在总统和他的幕僚不知情的情况下悄悄达成。你查到，虽然第二版的《韦氏大词典》把 precipitous 和 precipitate 两个词的意义区分开来，但它更爽快的第三版却把两词列为同义词。"教主"打了最后一次电话叫你继续向白宫解释，另一方面同意了（心情不无点诚惶诚恐）把总统的原话照登。就这样，杂志送去印刷了，而政府则继续维持它的急促步调。

你在一点钟外出去买三明治。梅根托你帮她买罐易拉罐饮料。穿过大厦出口的半旋转门时，你心想，如果可以永远不用再回来该有多好。你又想，如果可以到最近的一家酒吧窝起来该有多好。行人道的强烈日光让你晕眩。你伸手到口袋摸索太阳眼镜。你向来都会告诉别人，你的眼睛对光线过敏。

你有一步没一步地走到熟食店，点了一客熏牛肉黑面包和一杯巧克力苏打。柜台后面的光头佬一面切肉一面吹口哨，显得心情愉快。"今天的肉又正又精瘦，"他说，"现在再来加一点点芥末便成——做法和你妈妈从前的一模一样。"

"你怎么知道？"你问。

"不过是随便说说杀时间罢了，兄弟。"他说，把东西包了起来。他这番话，加上玻璃窗后面冰在冰上的死肉，让你食欲全消。

在你等红绿灯的时候，一个挨在银行外墙的男人向你兜售。

　　"老哥，来看看货色，全是货真价实的卡地亚手表。每只四十块。戴上它可以让你走路有风。全是真品，只卖四十大洋。"

　　那人旁边放着一具半身人体模型，模型的手臂上戴满表。他脱下一只，递给你看。"仔细看看。"他说。如果你接过手表，就会觉得自己等于答应购买了。但你不想显得无礼，便把表接过来，细细查看。

　　"我怎么知道它是真的？"

　　"你凭什么知道什么是真的？表面上有'卡地亚'的字样，不是吗？它看起来真，摸起来也真，你还要求什么？才四十块大洋，你有什么好损失的？"

　　那手表看起来是真货。细长的长方形表面，帝王体的罗马数字，尾端镶蓝宝石的发条旋钮。表带有上好皮革的触感。但如果这是真货，那八成是赃物；如果不是赃物，就不会是真货。

　　"三十五块大洋卖你。这是我的底线了。"

　　"怎么会这么便宜。"

　　"管理费低嘛。"

　　你已经多年没有戴表。可以在任何时刻知道时间，将会是把你的生活调整得井然有序的一个好开端。你从不认为自己是个守时的人，但现在你可以靠着一只小小的卡地亚洗心革面。它看起来是真货，而即便不是真货，也一样是只手表，可以让你知道时间。就这么办，管他妈的。

　　"三十块钱卖你。"那人说。

　　"好，我买。"

　　"用这价钱买到不叫作买，叫抢。"

你把指针调到一点二十五分，然后细细欣赏手腕上的新手表。

才一进办公室，你便想起你忘了帮梅根买饮料。你向她道歉，表示马上给她买去。她说不用费事，又说你外出的这段时间，有两通电话找过你。一通是法国某个什么部的什么先生打来，一通是你弟弟麦克打来。你两通电话都不想回。

到两点钟的时候，巴黎已经八点了，人人都已经下班回家。所以，整个下午的其余时间，你都是靠着查参考书和打电话给驻纽约的法国领事馆来补破网。你眼皮沉重得像是靠着两根牙签撑开。你盲目似的继续奋斗。

你的新手表在三点十五分停摆。你甩甩它，然后给它重上发条。发条旋钮从你手中掉了下来。

负责的编辑打电话来问那篇法国的文章处理得怎样。你说还在进行。他为临时变更刊出日期向你道歉，说他原本打算最早也留到下个月再登，但出于不明原因，"教主"把时间往前挪。"我只是想提醒你，"他说，"别把文章里的任何内容视为理所当然。"

"这是我的分内工作。"你说。

"我特别指出这一篇，是因为写它的那家伙已经十二年没去过巴黎，而且大部分时间都是写评价餐馆的文章。这个人下笔前从不做仔细查证。"

耶稣哭了。

那个下午，你打了两次电话给文章的作者，问他每一个事实性陈述的出处。你在第一通电话里列举出一箩筐的错误，而他也愉快地一一承认错误。

"有关法国政府拥有派拉蒙电影公司控股权这件事,你是从何得知的?"你说。

"不是这样吗?干,该死。把它删掉好了。"

"但你接下来三段文字都是以这句话为前提。"

"干,是哪个王八蛋告诉我的?"

到第二通电话的最后,他开始恼怒起来,就像是文章中的错误都是你故意设计的。杂志社写手都是这个样子:他们痛恨你的程度不亚于他们依赖你的程度。

下午稍晚,一份写着"致全体员工"的须知传到查证部。它是由"教主"的助理署名,所以分量等同圣旨。

> 我们得悉,有一位理查德·福斯先生正在写一篇有关本社的文章。也许福斯先生已经联系过你们其中一些人。我们有理由相信,这位记者的动机与本社的最佳利益并不相符。我们想要提醒所有员工本社对报章的政策。所有采访的要求都应该汇报本社。在未得到允许以前,任何员工在任何情况下都不得擅自代表本杂志发言。我们提醒各位,所有有关杂志社的内部情况都属于绝对机密。

这份须知引起查证部同仁津津有味的讨论。因为杂志社发起过许多捍卫出版自由的诉讼,所以眼前这个钳制言论自由的命令不无讽刺。

野洲·韦德说："但愿理查德·福斯找过我。"

梅根说："算了吧，野洲，就我所知，福斯先生事实上是位异性恋者。"

"事实？我倒是很有兴趣知道，您是用什么查证程序得知这是事实。"

"我就知道你会有兴趣。"梅根说。

"我只是好奇得要命，想知道提供一些肮脏的内幕消息可以获得多少银两。但别误会，这并不表示我不觉得福斯先生有吸引力。"韦德说。

里腾豪斯托了托眼镜框，这表示他有话想说。"包括我在内，很多人都不认为理查德·福斯是个客观的记者。他只是个八卦贩子。"

"他当然是个八卦贩子，"韦德说，"但这正是我们喜欢他的理由。"

因为觉得自己可能掌握了危险资讯，查证部的同仁获得了短暂的力量感。但你只希望理查德·福斯或什么人会对克拉拉够关照，给她来一次人格暗杀。

所有人在七点前都下班去了。他们每个人都表示要帮你忙，但你一一婉拒。由你一个人把事情搞砸会更加悲壮。

克拉拉临走前把头探进查证部的门。"记得把校样放在我的办公桌。"她交代说。

你心想：去你妈的。

　　你点点头，然后假装认真地埋首看桌上的稿子。自此而下，你能做的只是用铅笔在你迄今无法查证的内容下面画线，希望没遗漏什么重要的。

　　你在七点半接到阿拉格什的电话。"你还在办公室干吗?!"他说，"我们已经规划好今晚的行程，会有些好玩到不行的节目。"

　　阿拉格什有两点让你喜欢，一是他从不会问你近况好不好，二是从不会等你回答他的问题。你以前不喜欢这两点，但在你一身都是烦恼之后，碰到有个人会不想知道你的近况让你松了一口气。就目前来说，你只想停留在事情的表面，而泰德·阿拉格什正是一个从不考虑冰面底下有鲨鱼的花式溜冰者。你有些真正关心你的朋友，会用体己的方式跟你说话。但你最近都避开他们。你的灵魂现在乱糟糟得不亚于你的公寓，你不想在稍微打扫过它之前便邀谁入内。

　　泰德告诉你，娜塔丽和樱姬都巴望着想认识你。娜塔丽爸爸经营一家石油公司，而樱姬不久便会在一支重量级电视广告上亮相。另外，"解构主义者"正在丽兹饭店玩乐，而一家模特儿经纪公司也在"魔幻"夜总会赞助了一个为营养不良症筹款的狂欢会。娜塔丽也搞到了一大袋在玻利维亚国民生产总值中占大比例的好货。

　　"我打算工作到晚一点。"你说。事实上，你已经准备放弃，但与阿拉格什共同寻欢并无助于纾解你的忧郁心情。你想要睡觉。你累得随时都可以摊在办公室的油布毡上，陷入长期昏迷。

　　"告诉我你什么时间会好，我来接你。"泰德说。

　　这时，"拼到最后一口气"一语从稿子上跳入你的眼帘，让你自感惭愧。你想到了温泉关之战的希腊人、阿拉莫之战的德州人和漏水浴盆里的约翰·琼斯①。你想要重整旗鼓，把文章里的一切错谬之处给全部挖出来。

你告诉泰德过半小时再打给他。半小时后，电话响起，你没理会。

十点过后一点点，你把校样放在克拉拉的办公桌上。你觉得自己是个交学期作业的学生，而这作业只完成了一半，另一半部分是抄袭，部分是鬼扯。你在文章里找到和修正了好些大错误，但这只会让你对其他未查证过的部分更加不放心。文章作者指望事实查证部为他那些狡猾评论和大胆概括把关和背书。这不是正人君子所为，但帮助他不出娄子是你的工作，而你的工作又正岌岌可危。自创刊以来，杂志只出现过一次因为内容出错而回收的案例，而该为错误负责的那名查证人马上被下放到广告部。你只希望克拉拉不会读到你的校样。最好是发生一场起因成谜的火灾，把整个地方给吞噬。而另一个可以让你得救的，可能是克拉拉今晚喝醉，从酒吧旋转凳摔下来，摔得头破血流。任何《纽约邮报》的忠实读者都会告诉你，这种事是可能发生的——不只可能发生，而是每天都有可能发生。

你以前看过一部卡通影片，主角是一只可以在时间里旅行的乌龟和一个仁慈的巫师。乌龟常常会回到过去（例如法国大革命的时代），给自己惹出一身麻烦。在最后一分钟，走投无路的乌龟（例如眼见断头台就要铡下的时候）总会大声呼喊："巫师先

① 主角提到的这些人事地都是历史上以小胜多、反败为胜的例子。约翰·琼斯（John Paul Jones）是美国独立战争中的英雄，"漏水浴盆"指他驾来对抗英国海军的破船。

生，救我！"这时，身在扭曲时空另一头的巫师会一挥魔法棒，
把乌龟救回来。

当你走过狭窄走廊，打从一扇扇关上的门前经过时，你就已
经感受到离愁别绪。你还记得第一次来这里面试时的感觉：走
廊的局促让你更感受到杂志社的恢弘。当时你想到了每个在这
里被造就的响当当的名字，还以第三人称想象自己终会成为一号
人物：他穿着天蓝色运动夹克来接受第一次面试。他是要应征一
个事实查证部的职位，而那职位显然与他飞扬的性情气质极为不
搭。但他没有被"事实"埋没多久。

你开始工作的头几个月看来前途无量。你深信自己的工作非
常重要，也深信自己迟早会更上层楼。你认识了一些你仰慕了半
辈子的人。然后，你结了婚。"教主"还亲自给你写了一封贺函。
当时你觉得，他们早晚会了解到你多有才华，知道把你放在事实
查证部实在是浪费人才。

但事情渐渐起了变化。在路程中的某处，你停止了加速前进。

你看见资深文法检查员本德太太还在加班。你跟她打了个招
呼。她问你那篇法国稿子处理得如何，你回答说已经完成。

"内容真是乱七八糟，"她说，"读起来就像是从中文直译过
来。这些该死的写手想要我们帮他们把工作全部做好。"

你点头微笑。她的牢骚让你精神一爽，就像一个闷热天结束
时降下的甘霖。你在她办公室门口停留了一下，看着她摇头和
咂舌。

"快回家了吗？"你问。

"没那么快。"

"要我到楼下帮您买些什么吗？"

她摇摇头。"我不想让自己觉得我是定居在这里。"

"明天见。"

她点点头，心思重新回到校样上。

你走到电梯间，按下"下楼"按钮。

小说的用途

你认为你是那种喜欢晚上静静待在家里看本好书的人:椅子扶手上放着杯热可可,脚上穿着拖鞋,你会一面看书一面来一点莫扎特的音乐。今晚是星期一晚上,但感觉上却至少像是星期四。从地铁站走回公寓途中,你告诉自己,你准备要把每晚回到家时的恐惧心情给制伏下来。毕竟,不是常有人说,一个男人的家就是他的城堡吗?慢慢接近西十二街你住的大楼时,你看得出来,当初建筑师设计它的时候,心中多多少少想着欧洲的城堡:楼顶用来隐藏水箱的那个塔楼和大楼入口处那道仿吊闸都是明显例子。进入大楼后,你带着忐忑心情打开信箱。谁都说不准里面会有些什么。在像这样的日子,你随时都有可能收到一封阿曼达寄来的信,而信中有可能是解释她为什么要离开你,有可能是请求你原谅,也有可能是请你把她剩下的东西寄到某个地址。

不过,今天晚上你收到的是这些:信用卡公司寄来的缴费过期通知;吉米·温思罗普从芝加哥寄来的一封信(他是你大学时的室友，也是你结婚时的伴郎）；一封什么公司寄给阿曼达·怀特的信。你首先打开吉米的信。信的抬头写着"嗨，陌生人"，而信尾写着"代问候阿曼达"。寄给阿曼达的信封上印有一家保险公司的名字，内容如下：

> 让我们面对现实吧：在您所从事的行业里，脸蛋是一项最大的资产。当模特儿是一份刺激和报酬高的事业。您大有可能还有很多年的钱好赚。不过，万一碰到毁容的意外事件，您要怎么办？即使只是小小的皮肉之伤，一样可以让一份利润丰厚的事业和几百万美元的潜在进账毁于一旦。

你把这信捏成一团，投到电梯旁边的垃圾桶。你按下按钮。不过，万一碰到被遗弃的老公朝您脸上泼硫酸，您要怎么办？不，停。这不是你的好自我在说话。你一点都没有干这种事的念头。

公寓门锁转动时发出的繁复声响让你感觉自己正要进入一座地牢。这地方在闹鬼。就在今天早上，你才在马桶旁边找到一根化妆用的小刷子。各种回忆就像尘团般潜伏在每个抽屉的后头。你的立体声音响是一种特殊的型号，凡是由它播出来的音乐，都会引起痛彻心扉的联想。

这地方是你和阿曼达一起住过的第二间公寓，是为了可以容纳结婚礼物才搬进来的。阿曼达希望住在上东区，因为其他模特儿都是住那一区。她把一些房子的型录带回家找你一起挑选，而当你问她钱从何来的时候，她建议你向父亲借一笔。你问她，她凭什么认为你父亲手上会有这样一笔钱，就算有，他又为什么愿意借你？她耸耸肩说："不管怎样，我现在都发展得很好。"这是你第一次意识到，她以为你父母是有钱人（当然，就她童年的生活标准来说，他们是有钱人）。"来看看这个厨房的平面图吧。"她说。

现在这栋公寓是你做出的妥协。那是一户盖在下城区的上城区样式公寓，有挑高的天花板，有日班的门房，有真正的壁炉。你俩都喜欢它的木头镶板和护墙板。阿曼达指出，只有在这种地方，你俩用新瓷器和银餐具吃饭才不会显得荒谬。随着婚礼的接近，餐具、瓷器和水晶占去了她很大一部分的心思。她坚持要你买一套"蒂凡尼"基本款的银餐具：那时银价正在升破屋顶，而她确信，到举行婚礼的时候，银价还会翻两番或三番。这是一个著名设计师给她的小道消息。用三星期走秀赚来的钱，她买了六套餐具。几天之后，银价崩盘，六套银餐具的价格大约只剩下原来的六分之一。

当她听说你家有一个家徽时，她想要把家徽镌在银餐具上。但你坚决不让她镌上你的姓名缩写，也开始对她新培养出来的购物癖产生危机感。她似乎殷切于一次买齐一辈子要用的物品。然后，在这种婚前大血拼发生后不到一年的光景，她便走人了。现在，你吃东西都是用纸餐盒，而那些护墙板并不能让你觉得欢欣。更惨的是，你其实负担不起房租。你多次下决心要找个地方搬家，也多次下决心要把堆积如山的脏碗碟和脏衣服洗干净，却无一实现。

你关上门，站在门厅里倾听动静。自阿曼达离家出走之后，你有好一阵子回到家后都会这样驻足一会儿，希望可以听到她的声音，希望当你走入起居室的时候，她人就在那里，会向你忏悔，并且表现出无限的柔情蜜意。如今这希望已大半逝去，但你仍然会在大门边做出短暂的警戒，要从室内的寂寥品质去判断，这屋子是只剩下沉郁的忧伤，还是仍然弥漫着情绪高涨的尖叫和呻吟。今晚你不确定你听到的是哪一种。你走进起居室，把外套扔在双人沙发上。好不容易找到拖鞋之后，你打量书架，决心要把"晚上静静待在家里看书"的观念付诸实行。对书名的随机取样即足以让人目眩：《出殡现形记》《火山下》《安娜·卡列尼娜》《存在与时间》《卡拉马佐夫兄弟》。你年轻时一定曾经胸怀大志。当然，这些书很多其实从未打开过。你只是一直把它们存起来。

你一直找不到人生方向，直到考虑从事写作之后才有所改观。苦难一直被认为是艺术的材料。你本来是可以写一本书的。你觉得只要你能够坐在打字机前面，就可以让一件不可理喻的灾难慢慢变得条理分明。不然你也可以以此作为报复的方式，把自己塑造成一个被错待的英雄，例如哈姆雷特之类的。你当然也可以不写自传性的作品，光让自己沉醉在纯形式的文字之美中，或是创造出一个包含毛茸茸小型生物和有鳞大型生物的奇幻世界。

你一直想当作家。你会到杂志社谋职，只是想用它来作为你晋升文学名流的跳板。你过去也写写小说，而你相信它们每篇都比刊登在杂志里的小说要强过无数倍。你把它们投到小说部，但每次收到的回函都是一封礼貌性的短柬："贵作品目前不是非常适合我们的需要，但仍然谢谢你寄来让我们过目。"你试着去诠释这短束的意思，例如，那个"目前"是意味着你日后应该把稿子再投一次吗？但真正让你泄气的不是那封短束，而是写作所需要付出的努力。你从未停止认定你是个把时间浪费在事实查证部的作家。但在工作和生活之间，你并没剩下多少时间可以在静谧中构思。曾经有过几星期，你每天早上六点一到便起床（阿曼达仍然在睡觉），到厨房去写短篇小说。不过，后来你的夜生活变得愈来愈有趣和复杂，第二天要爬起床也变得愈来愈艰难。但你参加派对是要为一部小说累积素材。你与作家一起去参加派对，想要培养出写作的人格。你想要当一个没有大肚皮的狄兰·托马斯[①]，想要当一个不会精神崩溃的菲茨杰拉德[②]，换言之是想要跳过实际创作的苦闷煎熬。在别人的稿子上埋头苦干了一天之后（你打从心里知道你可以写得比他们好），你最不想做的便是回家写作。你想要外出。因为阿曼达是时装模特儿，而你是在知名杂志工作，别人都乐意认识你俩和邀你俩参加派对。在这些派对上你碰到许许多多的人和事。当然，你总是会在脑子里做笔记，把材料给存起来，等着哪一天坐下来，写出你的旷世大作。

你从储物室挖出你的打字机，把它放在饭厅的桌子上。你有一些二十磅重的高级白纸可用，那是取自办公室的文具柜。你把一张白纸连同垫背纸插入滚筒。纸张的一片雪白让你觉得害怕，所以你就在右上角打上日期。你决定直接切入你脑子里的那个故事，不浪费时间在营造气氛上。

---

① 狄兰·托马斯（Dylan Thomas）：英国诗人，也是著名的酒徒。

② F. 斯科特·菲茨杰拉德（F.Scott Fitzgerald）：美国作家，代表作为《了不起的盖茨比》。

　　　　他原以为她会坐下午的飞机从巴黎回来，不料她却
　　打电话告诉他，她不准备回家了。
　　　　"您是要改搭晚一点的飞机吗？"他问。
　　　　"不是，"她说，"我准备展开新的人生。"

　　你把这段文字读了一遍。然后你把纸从打字机里扯出来，插入一张新的。
　　也许应该更往回溯，试着找出这事情的来龙去脉。这一次你决定给女主角一个名字和一个出生地。

　　　　海伦喜欢看她妈妈买的时装杂志。杂志里的女人都
　　打扮得高雅漂亮，总是坐计程车或豪华轿车，前往大型
　　百货公司或高级餐馆。海伦不认为俄克拉荷马州有同档
　　次的百货公司或餐馆。她向往成为杂志照片中的仕女，
　　因为这样的话，她爸爸说不定就会愿意回家了。

　　这么写真是糟透了。你把纸张对半又对半撕成八小片，丢到废纸篓去。你插入一张新纸，再次打上日期。在左边的页边上，你打上"亲爱的阿曼达"几个字。但当你再看纸张一眼时，却发现上面写的是"死阿曼达"。
　　真他妈的。你断定今晚不是创作伟大文学作品的适当时候。你需要的是放松。毕竟，你已经忙了一整天。你打开冰箱，却没看到啤酒。料理台上放着一瓶只剩一丁点的伏特加。也许你应该

到外面买一盒六罐装的啤酒。但既然要出去了，倒不如干脆逛到"狮头"，看看有没有你认识的人。在那酒吧里，你不是不可能碰到一个有头发而没刺青的女人。

当你正在换衬衫的时候，对讲机的铃声嗡嗡响起。你按下"讲话"按钮，问道："哪位？"

"麻醉剂中队。我们正在为全世界无药可嗑的小孩寻求捐赠。"

你按下"开门"按钮。你不太确定你对于泰德·阿拉格什跑到这里来找你是什么感受。你也许是需要一个伴，但泰德可以带给你的好东西有时会好过了头。他那种寻乐方式往往会让人元气大伤。但不管怎样，当他走进门来的时候，你还是很高兴看到他。他穿着"普莱诗"衬衫和红色的苏荷裤，看起来人模人样。他伸出一只手，你们握了握手。

"准备好滚动了吗？"

"到哪去？"

"去夜之心脏，去任何有舞可跳、有药可嗑和有妹可把的地方。这是一件肮脏任务，但总得有人来负责。谈到药，你有存货吗？"

你摇摇头。

"连一线①可供年轻泰德吸的都没有？"

"没有，抱歉。"

"连可供我舔的镜子都没有？"

"你自便吧。"

---

① 吸食古柯碱的一个主要方式是把粉末放在一个平面上抖成一细长条，用鼻孔次第吸入。

泰德走到你祖母留给你的那面古董镜子（当初阿曼达曾担心它会被你的堂兄占去），用舌头在镜面舔了又舔。

"这上头有些什么？"

"灰尘。"

泰德舔舔嘴唇。"就品质而言，你家灰尘所含的古柯比我购买那些论克计价的垃圾好多了。我们古柯粉丝都常打喷嚏，而积少会成多。"

泰德用一根手指划过茶几的桌面。"这地方的灰尘厚得足以让你开一门尘埃课。你知道吗？家庭尘埃平均有九成是由人的皮屑构成。"

这大概解释了为什么你会觉得阿曼达无所不在。她把她的皮屑留下来了。

泰德走到餐桌，俯身看上头的打字机。"哎哟哟，我们的大作家正在写作呢！死阿曼达。这就对了。正如我告诉过你的，告诉妞儿们你老婆死掉会博得更多同情分，让你有更多上床机会。这比说你老婆给你戴绿帽子或跟别人跑路去了巴黎更有效，可以免掉你被人甩的弦外之音。"

当初，当你告诉泰德阿曼达走掉的时候，他的第一反应是流露出一点点真诚的同情和遗憾。他的第二反应是告诉你，只要你把这件事拿出来反复说说（再加上一点点悲苦和怨恨的情绪），将会让你的把妹事业欣欣向荣。最后，他建议你把阿曼达说成是从巴黎回家途中坠机身亡，而那一天正好是你们头一个结婚周年纪念日。

"你确定这里没有任何能嗑的药？"

"浴室里有'诺比舒咳'。"

"你让我感到很失望,教练。我一直以为你是那种会积存粮食以备雨天之用的人。"

"这叫近墨者黑。"

"我们来打电话吧,"泰德说,"我们非找到一些开派对用的燃料不可。"

所有会有古柯的人都不在家,所有待在家里的人都没有古柯。个中显然是有模式的。"该死的韦纳。"泰德说,"他从来不接电话,但我知道他此刻就坐在他的阁楼公寓里,旁边堆着一堆好料。"泰德挂上电话,看了看手表——这手表可以告诉他世界一些大城市(包括纽约、迪拜、波斯湾和阿曼)的时间。"十一点四十。现在去'奥第安'嫌早了一点,但等我们一到了下城区,自然会找到一大堆可以让人尽情流鼻涕和打喷嚏的猎场。准备好了吗?"

"你有没有经验过一种近乎抑制不住的冲动,想要晚上一个人静静待在家里?"

泰德认真想了想。"没有。"

"奥第安"闪亮、曲线形的内装能使人精神一振。这地方明亮而干净,会让你在任何钟点都觉得待在这里很合理。沿着吧台的人工灯光下坐着一张张熟悉的脸,它们的主人白天的身份(设计师、作家、艺术家)全都只是标签。你看见一个与阿曼达同属一家经纪公司的女模坐在吧台处。你不想被她看见,但泰德却径直向她走过去,亲了亲她脸蛋。你在吧台另一头点了一杯伏特加。你把酒喝掉，正想点第二杯，却看到泰德向你招手。那女模身边跟着另一个女人。泰德介绍你们彼此认识，她们一个叫泰瑞莎，一个叫伊莲。伊莲（那女模）有一副新款朋克时装的长相：矮个子、一头像是用剃刀剃出来的黑发、高颧骨、眉毛又直又粗。"金属性"和"阳刚"是她让你联想到的形容词（两个都是M字母开头的单词）。泰瑞莎金发，因为太矮和乳房太大而当不了模特儿。伊莲看你的样子，就像你是她出于一时冲动买下的商品，正考虑要退货。

"你是阿曼达·怀特的男朋友吗？"

"丈夫。我是说过去是。"

"她在巴黎秋装展演出时遭遇不幸，"泰德说，"当时巴勒斯坦恐怖分子和法国警察交火，她被波及。完全是飞来横祸。无辜的旁观者，死得毫无意义。他不想谈这件事。"泰德的表演说服力十足，连你自己都几乎相信了。他那副掌握了一堆内幕和小道消息的神气，让他的鬼话栩栩如真。

"好可怕。"泰瑞莎说。

"应该说好悲惨。"泰德说，"抱歉，我有正事要处理，得先失陪一下，一分钟后便回来。"他一鞠躬，朝大门走去。

"他说的是真的吗？"

"不尽然。"

"那阿曼达最近都在做些什么？"伊莲问。

"我不知道。我想她现在人在巴黎。"

"等一下，"泰瑞莎说，"她还活着吗？"

"我们只是分手了。"

"真可惜，她是个可人儿。"伊莲说，然后又转身对泰瑞莎说，"她长得就像邻家女孩，充满农村的清新气息，一点也不造作。"

"我不懂怎么会发生这种事。"泰瑞莎说。

"我也不懂。"你说。你宁愿尽快转换话题。你不喜欢扮演折翅鸟的角色，而这特别是因为你正好觉得自己活像只折翅鸟。或者说，像跛脚鸭丈夫。但你宁可当只雕或隼，在孤凉的峭壁之间进行无情的掠食。

"你是个作家之类的吗？"伊莲问。

"我也写写作，但我的正职是个编辑之类的。"

听到你是为哪家杂志工作时，泰瑞莎惊呼起来："老天，我读这杂志读了一辈子。我是说我父母都会买来看。我看妇科的时候也会看它。你叫什么名字？我会听过吗？"她提了几个与你同一家公司的作家和艺术家的名字，而你杜撰出一些绝对无法通过克拉拉查证标准程序的中伤和诽谤。

你没有透露太多自己工作的细节，但在话里暗示你的角色极为重要。过去，你可以轻易让自己和别人相信你真的那么重要，但你的心现在已经不吃这一套。你痛恨自己此时摆出的姿态，但又坚信让眼前这两个陌生人崇拜你极为重要。在一间声望崇隆的公司打杂固然没什么了不起，但这却是你唯一剩下的。

从前，你一度认定你是个非常讨人喜欢的人，所以把娶到一个美娇娘和得到一份好工作视为理所当然。你配得上这个世界的一些美好。当你认识了阿曼达和来了纽约之后，你开始觉得自己不再是个局外人。在你成长的过程中，你一直觉得其他所有人都保留着一些基本的秘密，不让你知道。其他人都知道自己在干些什么。随着你每转校一次，这个信念便益发坚定。你父亲因为每年的工作调动，让你成为一个永远的新生。每一年都有一个新体系的当地知识需要你去学会驾驭。你的自行车或袜子的颜色总是不对。如果你去看过心理医生，你将会坚持你的"原初场景"不是小时候撞见父母交媾，而是被一圈小学生围住：他们像印第安人围着一队篷车队那样围住你，用恶毒的笑声笑你，用邪恶的小手指指着你，坚称你是异类。这个场景在全国各地的校园操场一再上演。要等你上了大学，每个同学都是名副其实的新人之后，你才开始学会交朋友和认识重要人物的伎俩。然而，虽然你愈来愈得心应手，但你老觉得自己只是后天习得这些伎俩，不像别人那样天生拥有。虽然成功骗过了每个人，你却始终悄悄害怕总有一天会被拆穿，会被人发现你是社交圈的赝品。最近你老是有这种感觉。就连现在，在你吹嘘自己如何如何重要的当儿，你仍然看见伊莲的眼神飘来飘去，把你晾在一边。她正在喝香槟。因为不知道你在看着她，她把舌头伸进香槟杯，在杯壁上左舔右舔。

一个似乎略有名气的女人望向你们这个方向，挥了挥手。伊莲挥手回礼。但那女人却撇过头去，让伊莲的笑容为之一僵。

"我敢打包票她是注射了硅胶。"伊莲说。

"会吗？在我看来她平得要命。"

"我不是说她的奶子，是说她的颧骨。她注射了鬼硅胶，好让自己看起来像是有颧骨。"

泰德这时回来了，一副得意兮兮的样子。"全垒打！"他说。

当时午夜已过。凡是在这个钟点开头的事，将不会在一个理性的钟点结束。你有想过要开溜，打道回府。睡个好觉会产生的各种好处让你心生向往；另一方面，你又不介意哈两口草：量无须多，够提振士气即可。

片刻之后，你们一行四人便去到楼下的洗手间。泰德把几长线的粉末抖在马桶盖上，伊莲和泰瑞莎轮流入席。最后，泰德请你就位。那种甘甜的鼻腔烧灼滋味就像是炎炎夏日喝下的一大口冰凉啤酒。泰德又上了一次菜，等到你们列队离开洗手间时，你已经觉得自己力大无穷。你有一种向上流动的感觉。仿佛有什么美妙绝伦的事必然会发生。

"我们往别处移动吧。"泰德说。

"去哪？"泰瑞莎问，"帅哥多的地方？"

"正妹多的地方。"伊莲说。你不确定她只是借电影对白开玩笑，还是说出了心里话。

你们这个快乐四人组最后决定以"心碎"为下一站。一辆计程车促成了这趟往上城区而去的短程之旅。

夜总会外头挤满自称心碎的人，而他们全都是一副市郊人的长相。泰德推开这些等候者，跟负责看场子的人说了几句话，然后向你们招招手。要付入场费的时候，伊莲和泰瑞莎只顾聊天，所以你就付了她们其中一人的份，泰德付了另一人的份。夜总会里头还有可以移动的空间。

"来早了。"泰德说。他感到失望。他讨厌在每个人都到达之前现身。他一向以时间拿捏精准而自豪，总是那个准时当中最晚到的人。

伊莲和泰瑞莎消失了一阵子，你有十五分钟没看到她们的踪影。泰德发现其中一张桌子坐着他一些广告界的朋友。每个人都在讨论最新一期的《浮华世界》，有人赞好，有人不以为然。"简直不知所云，"文案写手史蒂夫说，"那等于是把抽象表现主义的方法用在出版：直接把墨泼在纸上，希望有意义的画面能自己浮现①。"

你走开去买酒喝，途中继续眼观八方，搜索落单女人的身影。目前似乎还没有这种人物。这里谁都认识谁。你陷入了第一次冲刺后的落寞状态。你也体验到了夜店总会带给你的那种失望。其实，从过去经验就可以判断，你进入这夜店时所带着的预期是完全不能成立的。你似乎总是忘记你其实并不喜欢跳舞。不过既然人已经来了，你觉得你有责任要对美好时光的要塞发动一次结实的进攻。音乐声让你亢奋，让你想要做些什么——但未必是跳舞。古柯让你对音乐更有感，而音乐则让你想要再多来些古柯。

在吧台处，有人碰了碰你的肩膀。你转过身，花了一分钟才看清眼前的脸，不过，在你们握手的时候，你已回忆起对方的名字：瓦尼埃。你们大学时代是同一个社团的成员。你问他现在从事哪一行。他一直在银行界工作，今晚才刚从南美洲回来。他的南美行是为了拯救一个香蕉共和国②，使之免于破产。

---

① 抽象表现主义画家作画时都是随心所欲把油彩泼洒在一幅大画布上，画的是什么可以有许多种不同的诠释。

② 香蕉共和国：经济体系属于单一经济（大都如香蕉、可可等经济作物）、拥有不民主或不稳定的政府，特别是对那些政府贪污及遭强大外国势力介入的国家的贬称。

"妈的，让那将军多过几个月的舒服日子意义何在！那你又是怎样保持灵魂和肉体的和谐的？是继续写写诗吗？"

"我自己在南美洲也有一点点小生意。"

"我听说你娶了个女演员。"

"是'政治活跃分子'。我娶了个漂亮的政治活跃分子。她是切·格瓦拉的私生女。几个月前，她回国探望她妈妈，结果遭到逮捕和刑求，最后死在狱中。"

"你是在开玩笑的吧？"

"我的样子像开玩笑吗？"

瓦尼埃已经占用了你太多时间。走开前，他说你俩应该找一天一起吃个中饭。

回到你原来的桌子去时，你看到泰瑞莎和伊莲正尾随泰德往外走。你在男厕门外赶上他们。你们四个人占据了一间单间。伊莲坐在水箱上，泰瑞莎坐在马桶盖上。

"看来我大半辈子都是在厕所里消磨。"泰瑞莎说，一面用手指掩住一个鼻孔。

稍后，你碰到一个从前在某个派对见过的女人。你记不起她的名字。当你向她打招呼的时候，她反应局促，就像你俩曾经发生过什么丢脸的事。但你唯一记得的是你曾跟她聊过"冲击"合唱团的政治意涵。你问她想不想跳舞，而她说何妨。

在舞池里，你发明了自己的舞步。你称之为"纽约力矩"。你的拍子老是快过其他人的拍子。你的舞伴机械性地摆来摆去，活像节拍器。你发现她似乎不断端详你，而且眼神里充满同情。等到你整件衬衫都被汗浸湿后，你问她想不想歇一歇。她热烈点头。

"有什么不妥的吗？"你说，几乎是在吼叫，因为只有这样才能让她听见。

"没有。"

"您看来紧张不安。"

"我听说了你太太的事，"她说，"我感到遗憾。"

"您听说了什么？"

"我知道发生了什么事。我听说她死于什么病……好像是血癌。"

你们正在乘坐玻利维亚慢车穿过一些山村，去到安第斯山氧气稀薄的山峰。

"我们已经把泰瑞莎和伊莲调教得服服帖帖，"泰德说，"我看是时候该去个更爽的地方了。"

这时你俩再次待在厕所里。泰瑞莎和伊莲则是去了女厕，从事合法的勾当。

"我不欣赏血癌的桥段，"你说，"一点都不幽默。"

"我只是设法刺激销路。我可是以你的经纪人自居。"

"你的做法让我不敢恭维。坏品位。"

"什么是好品位，"泰德说，"依各人的品位而异罢了。"

你正在与伊莲跳舞。泰德则与泰瑞莎跳舞。伊莲方手方脚的舞姿让你联想到埃及金字塔里的人像画。她跳的也许是一种最新的舞步。但不管怎样，她都让你觉得自己手笨脚拙。你并不特别觉得伊莲有吸引力：你认为她太有棱有角了。你甚至不认为她特别和蔼可亲。但你却渴望证明你就像任何人一样可以享受到"欢乐时光"，证明你也可以成为"群众"的一分子。你客观上知道伊莲具有挑逗性，也觉得自己有责任去对她有欲念。你有义务按既定程序走到最后一步。你老是相信，只要勤加练习，你终会掌握享受露水姻缘的诀窍，从此不再需要求助于那种无所不能的溶解剂，不再有悲愤。你将会学到把许多不用大脑的欢娱加起来，构成快乐。

"我真的很喜欢阿曼达，真的很希望再看到她。"伊莲在两首歌之间的空当时间说。她说这话时有一种推心置腹的味道，就像是正在把一个有关阿曼达的秘密分享给你。不过，你大概会更高兴听到她说她不喜欢阿曼达。由于你仍然无法把阿曼达想成一个烂人，所以你需要别人代你这样想和把它说出来。

泰德和泰瑞莎已经消失了。伊莲找了个借口走开，表示马上会回来。你有被遗弃的感觉。你怀疑他们是串通好的：约好了在门口外面碰面，以便把你甩掉。你帮自己买了杯酒，等了五分钟，然后决定去勘察一番。你先是检查男厕，然后检查女厕。有个穿皮革连衣裤的女人在对着镜子拨弄头发。"空位多的是。"她说。然后你听到一个单间传出声音，是咯咯笑声。你弯下腰，在门底下看见伊莲和泰瑞莎的凉鞋。

"留一些给我。"你说，推门要进去。但门只打开到够你把头探进去的程度。你看见伊莲和泰瑞莎正干着不自然的行为。你感到惊讶和困惑。

"想要进来参加派对吗？"伊莲问。

"Bon appétit（法文：祝胃口大开）。"你喃喃自语，然后蹒跚地走出女厕，再次让自己没入喧闹的人类肢体与音乐声中。

夜已非常深。

看得见外面的子宫

你梦见了昏迷宝宝。你潜入医院，走过一票护士和记者身边。没有人看得见你。你推开一扇写有 L'Enfant Coma（法文：昏迷宝宝）名牌的门，走进了事实查证部。伊莲和阿曼达就着野洲·韦德的书桌哈草，又用法语骂脏话。昏迷妈妈瘫在你的书桌上，身穿白色睡袍。一些点滴瓶挂在书架上，以管子与昏迷妈妈的手臂相连。她睡袍中间的部位是打开的。你走近之后，发现她的肚子是个透明的泡泡。昏迷宝宝就在泡泡里。他张开眼睛，正在望着你。

"你想怎样？"他问。

"你准备要出来吗？"你说。

"才不要。我喜欢住在这里面，何塞。我需要的一切都会送进来给我。"

"但你妈妈快不行了。"

"如果那女人走了，我会跟她一道走。"昏迷宝宝把他紫色的大拇指塞到嘴巴里。你设法跟他讲道理，但他装聋作哑，相应不理。"出来吧。"你说。然后你听到有人敲门，跟着是克拉拉的声音："开门，我是医生。"

"他们永远别想把我接生出来。"昏迷宝宝说。

这时电话响起。你拿起话筒，但话筒却像鳟鱼一样从你手上滑走。你老是误以为这世界上的事物是牢固的。你从地板上捡起话筒，放到耳边。

"Allô（法文：哈喽）?"你说，料想对方一定是说法语。是梅根打来的，她怕你睡过头。没有啦，你说，我正在弄早餐。在煎香肠和蛋。

"希望你不会介意，"她说，"但我真的不想再看到你被克拉拉以荷兰人的方式对待。我只是想确定你已经醒来。"以荷兰人的方式对待？你在心里记下这俚语，打算回办公室之后找辞典查查它是什么意思。时针告诉你现在是九点十五分。你显然是睡过了设定在八点三十分响起的闹钟铃声。你谢过梅根，说待会儿见。

"你确定你醒了吗？"她问。

绝对是醒了，因为头疼、胃发酸这些醒来的重要症状一应俱全。

§

会伴随着清醒而来的那种模糊恐惧感，渐渐具象化为克拉拉·蒂林哈斯特的形象。你是可以面对工作八成不保的可能性，但你不认为你有勇气面对克拉拉——至少是无法在只睡了四小时磨牙觉的情况下。你也无法忍受看到那些校样的光景：它们是你有多失败的铁证。先前，你梦见自己打了一通电话到巴黎，等待可以救你一命的资讯。当时你被锁在事实查证部里，而且似乎有谁在猛敲门。你拿着电话。接线生的说话声时断时续，讲的是一种你连半点都听不懂的语言。你的手掌被你的指甲戳得破皮：一整个晚上，你两条手臂都绷紧在身体两侧，拳头紧握。

你考虑打电话请病假。这样做的话，虽然克拉拉照样可以打电话告诉你你已经被开除，不过你却可以赶在她破口大骂之前挂断。只是，杂志明天便要送印刷，如果你缺席，你的同事便得要分担你的工作，工作量会一下子大增。另外，当缩头乌龟也会让你失败得没有尊严。你想起了苏格拉底，记起他是怎样坦然接过杯子，把毒药喝下肚子。但更重要的是，你还抱着一丝希望，心想也许会有奇迹出现，让你逃过一劫。

你穿好衣服，十点前便出了门。你去到月台时地铁刚好进站。你考虑不上车，因为你还没有完全准备好。你需要时间磨砺你的意志，并且考虑采取什么战略。车门在压缩空气的咝咝声中关上，但车上却有谁把一扇门抵住，好让一个冲向月台的人能赶上。车门于是再度打开。你踏进了车厢。地铁里坐满来自布鲁克林的哈西德派犹太人——全是穿黑衣服的小财神，人手一个装满钻石的公事包[①]。你在他们其中一个旁边坐下。他正在读他的《塔木德》，手指在书页上徐徐移动。书上的古怪字体就像是遍布车厢各处的涂鸦，但那人没有抬头去看涂鸦，也没有偷瞄你手

---

① 哈西德派是犹太教一个派别，而美国的钻石买卖生意是由哈西德派犹太人主控。

上那份《纽约邮报》的头条标题。这个人有一个上帝、一段"历史"和一个"共同体"。他拥有一套完美的信仰经济学，那会是一种用超出他经验的资产负债表来解释一切痛苦和失去的理论：在这份资产负债表里，一切到最后都会得到补赎，而死亡并不真正是死亡。这样看来，一整个夏天都必须穿黑色羊毛衣服只算是一个小小代价。他相信自己受到上帝的拣选，而你则感到自己只是一系列随机数字里的一个整数。尽管如此，他的发型还真是有够丑。

在第十四街的地铁站，有三个塔法里教教徒①上了车，没多久，车厢里便弥漫着汗臭味和大麻烟卷味。有时候，你会觉得自己是这城市里唯一没有团体归属的人。坐你对面的一个抱着"梅西百货"购物袋的女人左望望、右望望，就像是问你，在这些吸血鬼般的犹太人和昏昏欲睡的非洲人之间，世界已经变成了什么样子。但当你向她微笑示意时，她却赶紧把头撇开。其实你也可以搞一个自己的团体：怀才不遇者兄弟会。

《纽约邮报》印证了你对有大难正在逼近的预感。第三版有一则"火焰惊魂夜"的消息：皇后区一栋公寓失火焚毁；第四版则报道了一个杀手龙卷风在内布拉斯加州肆虐。在这国家的中部地带，大型灾难总被认为是上帝的惩罚，而在城市，它们又总是被认为是人为的，像纵火、强奸、谋杀等等。至于发生在世界其他部分的任何错，则会被归咎于外国人的野蛮。这种世界观既简单又好用。昏迷宝宝今天被塞到第五版。没有什么最新发展：昏

---

① 塔法里教是一种源自牙买加的黑人宗教，其信徒相信亚当和耶稣是黑人，在举行仪式时会吸食大麻。

迷宝宝还活着。医生正考虑要给未足月的胎儿做剖腹产。

你在十点十分走到时代广场，在十点十六分走进杂志社所在的大楼。第一部到达的电梯由一个新来的小伙子操作，他长得鬼鬼祟祟，就像上一份职业是干扒手的。你说了声早安，走到电梯后面站定。他在一分钟之后转过身。

"你总得告诉我你要去几楼，该不会以为我懂读心术吧？"

你说你要去二十九楼。习惯了鲁西欧和其他电梯操作员的客气态度，这小伙子让你觉得像个入侵者。他把铁栅拉上，把门闩扣上。半路上，他掏出一管"维克斯"通鼻剂，吸了几下。你的鼻子也不由自主地抽动了几下。

"二十九楼到了。"小伙子说，在你踏出电梯时又补充一句，"这是女性内衣裤部门的楼层。"

你没看到武装保安人员在等你。你问接待员莎莉，克拉拉到公司了没。

"还没有。"她说。你不确定这是好消息还是坏消息，因为克拉拉来得愈晚，只会让你的痛苦愈延长。你的同事全围在一份《纽约时报》四周——这报纸是事实查证部选择订阅的报纸。克拉拉在录用你的时候告诉过你，部内所有同仁每天都应该把《纽约时报》仔细读一遍。但你已经几星期没看过它一眼。

"哪里爆发战争了吗？"你问。

里腾豪斯告诉你，杂志社一位女写手（她因为不摆架子和勤于查证而受到查证部同仁的欢迎）刚因为一篇有关癌症的报道赢得一个大奖。死于癌症。里腾豪斯特别高兴，因为那个系列的文章是由他负责查证。"要看看吗？"他举高报纸，好让你可以看到得奖消息。当你准备要点点头假装兴致勃勃时，你瞥见了登在头版的一则广告。你把报纸从里腾豪斯手上接过。广告里有三个穿着鸡尾酒会礼服的女模在走台步，其中之一是阿曼达。你感到头晕目眩。你回到自己的书桌坐下，细细看那照片。是阿曼达没错。你甚至不知道她人在纽约。你最后听到她声音的那一次，她还在巴黎，说要准备留下来。如果她懂点做人的基本礼貌，那她回来之后应该打个电话给你的。但，又有什么好说的？

为什么她非得这样出没在你四周不可？为什么她就不能像其他人那样，当个普通的上班族？她在离开前夕告诉你，她签了一支广告看板合约。自此之后，你都预期会在你们公寓对面的大楼外墙看到她巨大无比的脸。

"我想我们全都有资格为她感到自豪。"里腾豪斯说。

"什么？"

"你没怎么样吧？"梅根问你。

你摇摇头，把报纸折起来。死于血癌，泰德说。梅根告诉你克拉拉还没到公司。你谢谢她那通起床号电话。韦德问你处理完那篇法国的文章没有，你回答说："差不多吧。"

在每个月的第一个星期二，查证部每个人都会分到一则短篇文章，要负责查证。在这些已经分配好的文章里，你那篇的内容是报道"极地探险家学会"今年在荷兰谢里举行的年度会议和餐会。可以猜想得到，这些极地探险家都是些怪胎。他们戴着潜水表，身上挂着些不知哪来的军队勋章。餐会的开胃菜包括了鲸脂和配着西吉饼干吃的烟熏国王企鹅肉。你在"国王企鹅"几个字下面画上线，打算要查查这个字拼得对不对，以及查查国王企鹅肉是否可吃。另外也要查证"西吉饼干"一词的拼法。就像克拉拉说过的,在事实查证部里工作,再谨慎也不为过。因为如果你搞错了一种商标的名字,它的厂商就会跟你没完没了。又如果世界上没有国王企鹅这东西,或者它的正确名称应该是王后企鹅的话,那么,到了下星期,收发室肯定会收到三百封读者写来的抗议信。这杂志最狂热的读者正好是那些对企鹅知道得最多的人:鸟类学看来是他们最喜欢细细审视的领域,而最细小的错误或模糊都会引来多如雪片的纠正信。只不过上个月,一篇报道野鸟喂饲活动的文章才引起过一场风暴。读者抗议说,康涅狄格州斯托宁顿市人家的野鸟喂饲器[①]绝对不可能会出现某种雀类(作者说他看到过一对)。抗议信至今还一直进来。"教主"为此把梅根召去问话(文章是她负责查询的),又向奥杜邦学会征询意见。事情目前还在研究之中。你曾以此为灵感,写了一篇题为《曼哈顿之鸟》的讽刺小品:你的同事读了都觉得有趣,但稿子在你寄到楼上的小说部去之后便音讯全无。

你为查证手上文章而去的第一站是《大英百科全书》的 E 字册。你找不到 Emperor Penguin(国王企鹅)的条目,但"胚胎学"条目的内容却引人入胜,还附有连续插图,显示受精卵会在十天后变化为蝾螈的样子,然后在第十周变得初具人形。最后,你把 E 字册送回书架,把 P 字册抽了出来。P 字册是你的最爱:Paralysis(瘫痪)、Paranoid Reaction(被害妄想反应)、Parasitology(寄生虫学)。"寄生虫学"条目的内容有趣又长人

---

① 设在屋外用来装盛喂饲野鸟饲料的装置。

知识，分别有谈论根足虫、纤毛虫、鞭毛虫和孢子虫的专节。
Pardubice（巴尔杜比采）是捷克东波希米亚地区的一个小镇，也
是布尔诺—布拉格铁路的重要联轨点。Paris（巴黎）条目附有图
片。Pedro（佩德罗）是五个葡萄牙国王的名字。最后终于出现
了 Penguin（企鹅）词条，据它的描述，这种动物不会飞，走路
姿势笨拙——你知道那是什么感觉。国王企鹅最高可以长到四英
尺。没提到它的肉可不可以吃。图片中的国王企鹅像极了那些穿
着盛装前往荷兰谢里参加餐会的极地探险家。

查证部里人声嘈嘈，人人都忙于查证各种细节。韦德刚跟一
个发明家通过电话，对方刚获得第一百项专利权：一种自动旋转
的鼻毛修剪器。那发明家告诉韦德，马桶自动冲水革命其实也是
他的发明，但大公司把这个构想偷走，赚了几百万美金。在细细
说明过自己受到多不公平的对待之后，他却又说自己不应该谈这
些，因为事情已经进入了司法程序。听到韦德转述的这些趣闻理
应可以让你稍微放松心情，不过你的笑声里却带着一种假装的味
道。你发现你难以专心听别人说话，也难以明白你假装在处理的
那篇文章里头的字句。你把同一段文字读了一遍又一遍，设法回
忆起"事实"与"主观意见"的分别何在。你应该打电话给"极
地探险家学会"的会长，问问他某个会员真是戴了海象皮造的头
饰赴宴吗？这问题重要吗？为什么"西吉饼干"的拼法怎么看怎
么怪？你反复往门上看去，准备好随时会看到克拉拉。一些古怪
的法文片语不断从你的脑袋里冒出来。

第一件要做的事是打电话给文章的写手，问他是不是有别人
（有的话便给你电话号码）可以证实"极地探险家学会"的确存

在，证实文章提到的餐会的确举行过，证实这一切全是事实而非虚构。再来是查证文中提到的各个人名，包括要查出是不是确有其人，是的话拼法又是否无误。

这时，里腾豪斯宣布他刚接到克拉拉的电话：她生病了，无法来上班。这正是你翘首以盼的死刑暂缓执行令。一直紧紧勒住你心脏的那条大蟒蛇松开了。克拉拉会不会一病不起呢？这种事不是不可能的。

"实际上，"里腾豪斯继续说，"她说的是'早上'无法来上班。她不确定自己下午会不会好一点，可以来得了。"他停下来，托了托眼镜，思考是不是还有什么必须补充，最后说："任何有需要征询她什么的人可以打电话到她家。"

你问里腾豪斯，克拉拉还有没有其他交代。

"没什么特别的。"他回答。

现在你得到了一个救赎的机会。一天的工夫也许可以让你给那篇法国文章来个拨乱反正。你可以请排字房的人挤出几小时给你。你应该可以在半小时内把企鹅摆平，然后回过头对付法国大选。

Alors！ Vite, vite！ Allons-y！（法文：快！快！事不宜迟！）

§

你在一小时后把"极地探险家"搞定。这时已是中午过后一点点，你的精力开始低落。你需要的是吃点午餐，让你恢复元气，让你以更新过的精力回过头去搞法国选举。也许，吃个夹

着火腿和布里乳酪的魔杖面包，可以让你进入恰如其分的思维
架构。你问有谁需要外头世界的任何东西。梅根托你帮她买一个
百吉饼。

前往电梯的路上，你看到阿历克斯·哈迪站在饮水机面前，
凝视碧绿色的玻璃水缸。你经过时他吓了一跳，抬头看到只有你
一个人才放下心来，说了声"哈喽"。他把头转回到玻璃水缸，
说道："我是在想，里面其实可以放些鱼。"

阿历克斯是小说部的荣誉退休主编，是前朝留下来的古董
（他每逢提到本杂志社那些德隆望尊的创办人，都是用他们的昵
称）。他本来只是办公室杂工，后来以一些描写曼哈顿上流社会生
活的挖苦短篇跻身作家行列，但出于一些不明原因，他后来突然
封笔，成了一位主编。他发掘和鼓励过一些你从小爱读的作家，
但已多年未再发掘过任何人，而他目前在杂志社的唯一功能只是
充当"传承和传统"的象征。在你进入杂志社工作之后，他只写
出过一篇短篇。没有人知道他是因为爱喝酒才导致写作事业走下
坡路，或者是反过来。你相信，这一类事情很多时候都是互为因
果。每天早上，他都若有所思，说话也很风趣（但有点宿醉未醒
的样子）。到了下午，他有时会逛到事实查证部来回忆些往事和
缅怀昔日。你相信他喜欢你（前提得是他有喜欢谁的话）。他在
你投稿的好几篇短篇小说上都附上详细意见，具有鼓励性。他把
你的作品当一回事，哪怕你的投稿最终会去到他手上，正代表小
说部的人没有把它们当一回事。你对这个人有感情。虽然其他人
都把他视为一艘沉船，你却对他抱有幻想：幻想在他的指导下，
你开始写作和发表作品，而他也因为你的缘故而重新找到人生的

目标感。你们会成为一对亦师亦友的组合，就像是柏金斯和菲茨杰拉德的翻版。然后没过多久，他将会进而拔擢新一代的俊秀（你的弟子），而你也会从创作的"早期阶段"进入到"成熟阶段"。

"换成是老一代的人，"他说，"一定会想到把一些暹罗斗鱼放在玻璃水缸里。"

你想要接些像是"好让鱼咬你"之类的俏皮话，却想不太出来。

"你要去哪？"

"吃午饭。"你不假思索地回答，但才一说出口便后悔了。上一回你告诉阿历克斯要去吃午饭，结果是需要别人用担架抬你回来。

他看看表。"这个主意不坏，介意我加入吗？"

这时，你才要找借口推托（说你约了朋友之类的）已经太迟了，而且会显得无礼。不过，你用不着跟他一杯接一杯。你甚至一杯也不必喝——哪怕喝一杯死不了人。来一杯将可以消除你的头疼。你只需要告诉他有一篇赶着送印刷的稿子等着你处理，他自会谅解。毕竟，你现在用得着一个亲切的人陪伴。你甚至可以考虑向他倾诉你的一些烦恼。阿历克斯这个人熟悉烦恼。

"你考虑过去读个 MBA 吗？"他问。你们坐在第七街一家牛排屋（阿历克斯带你来的），那是《纽约时报》记者和其他嗜饮者爱到之处。他把烟灰弹在他的牛排上头——这牛排从头到尾没动过，已经冷掉了。他先前便告诉过你，现在已吃不到好牛排。牛肉都不再是从前的样子：牛全都受到强迫喂饲，而且注射了荷尔蒙。这时他正喝着他的第三杯伏特加马天尼。你试着把你的量延伸到第二杯。

"我并不是说你就得改行从商。我只是建议你写它。这是现在的热门题材。读商的家伙现在都准备写这种新文学。沃利·史蒂文斯①说过，金钱就是某种类型的诗。可他并没有遵从自己的建议。"他告诉你，美国文学有过一个黄金时代，那是由"老爹"②、菲茨杰拉德和福克纳所共同缔造的；然后是一个白银时代，他自己也在其中扮演一个小角色。他认为文学现已进入到青铜时代，而小说也走进了一条死胡同：它无法跑但也无法躲。所以，新的文学应该是关于技术的，关于全球经济的，关于财富的电子起落的。"你是个灵光的小伙子，别被文学是艺术之类的鬼话给拐了。"

他又囫囵喝掉两杯马天尼，这时候你的第二杯还未见底。

"我嫉妒你，"他说，"你几岁？二十一吗？"

"二十四。"

"二十四，真好。有一整个人生等在前头。你单身，对不对？"

你先是说"不是"，然后又说"对"。"对，单身。"

"你得要去创造自己的人生。"他说，哪怕他刚刚才告诉你，你将要继承的那个世界既没有好的牛肉也没有好的文学。"我的肝全都是酒精，"他说，"我的肝已经不行了，而我的肺又得了肺气肿。"

侍者把新的酒端来，又问阿历克斯牛排是不是有什么问题，

---

① 沃利·史蒂文斯（Wally Stevens）：美国现代主义诗人。

② 指海明威。

需不需要什么别的。阿历克斯回答说牛排没什么大问题，打发侍者走开。

"你知道这年头何以有那么多人搞同性恋吗？"他在侍者离开后问你。

你摇摇头。

"就是因为打在牛肉里那些天杀的荷尔蒙。一整代人都是吃这个长大。"他自顾自地点头，直视你的双眼。你摆出一种恍然大悟和雄赳赳的表情。"你最近都在读哪些人？"他问，"告诉我有哪些崭露头角的年轻作家。"

你说了两个最近让你很热衷的名字，但阿历克斯的心思早已飘远，眼皮眨个不停。为了让他回过神，你问了他福克纳的事情。他告诉你，在一九四〇年代，他和福克纳曾一起编剧，在好莱坞一间办公室共事过几个月。其间，他们三天便生产出一本泡过波旁威士忌和妙语如珠的剧本。

当你在人行道向阿历克斯说再见的时候，他几乎浑然不觉。他的鼻子对着办公室的方向，眼睛里蒙着一层酒精和陈年回忆的薄膜。你自己也有一点点眼花，所以绝对有必要先散一下步以清醒头脑。时间尚早。你站定在那个有"通过"和"不可通过"标志的街角，瞪着那个失踪女孩玛丽·奥布莉安·麦肯的照片看。有谁拍了拍你肩膀。

"喂，老哥，想不想买只白鼬？"

那家伙和你年纪差不多，脸上有着粉刺留下的疤痕，眼睛闪烁不定。他手上用链索牵着一头动物，那模样和穿着皮裘的达克斯猎犬不能说不像。

"这是白鼬？"

"我可以打保证。"

"它有什么用？"

"可以充当最好的话题，保证可以让你钓到一堆妞。如果你的公寓有老鼠，它也会帮你搞定。它的名字叫弗瑞德。"

弗瑞德外型优雅，看起来很懂规矩。不过你凭经验得知，外表是会骗人的：那辆你买自一个旧车场的"奥斯汀希雷"和那只号称真货的"卡地亚"都是证据。另一个证据是你老婆。但你忽然想到，白鼬会是事实查证部这个侦探部门的最好吉祥物①。你自己并不需要宠物（因为你连自己都照顾不了），但弗瑞德说不定会是克拉拉的理想友伴，所以，何不送她一只白鼬作为分手礼，以表示你对她还有好感？

"多少钱？"

"一百块。"

"五十。"

"一口价，八十五块。这是我的底线。"

你告诉他你要先到附近买别的东西。他给你一张名片，上面印着一家成人杂志书店的名字。"就说要找吉米，"他说，"我还卖野猪和猴子。我的价钱无人能敌。我是疯子。"

你向东穿过第四十七街，从一些折扣银楼的橱窗经过。一个腋下夹着一沓单张的叫卖者站在一扇店门前吆喝："金与银，买与卖；金与银，买与卖。"你猜，跟他打交道的时候，买方是不

---

① 英语的白鼬（ferret）一词又可解作侦探。

会问问题的。欢迎颈链强抢者[①]。你停下来欣赏一件镶了祖母绿
的三重冕——这东西无疑是你送给你下一位"一天女王"的最佳
礼物。不过,如果你真有钱,就不会来这种地方。如果你真有
钱,你会用一个镶有 Gem-O-Rama 字样的珠宝盒去哄你的梦幻
女郎。你会直接驱车到"蒂凡尼"或"卡地亚",坐在总裁办公
室的一张椅子上,要他们把好东西拿到你的面前供你检视。

　　哈德西派犹太人在这条街上来去匆匆,人人手上都拿着帽
子,遇到同类时会停下来谈两句,但眼睛会低下来,以免不小心
看到穿迷你裙女人的大腿。你在哥谭书坊的橱窗看了看有什么新
书,临走前不忘看看店招上的著名标语:聪明人在此挖宝。

　　去到第五大道之后,你穿越马路,走到"萨克斯"精品百货
公司。你在一面橱窗前停步。里面有一个按照阿曼达样子复制的
人体模型。当初,为了做出模型的模子,阿曼达在一缸糊状的乳
胶里躺了九十分钟,其间只靠吸管呼吸。她在做出模子几天后便
去了巴黎,自此你再没有看过她。你站在橱窗前面,设法回想她
是不是长得就像这人体模型的五官。

---

① 即直接从别人脖子上抢走颈链的抢匪。

覆水难收

你俩是在堪萨斯城相识的，当时你在那里当记者（你大学毕业后的第一份工作）。先前，你在东西两岸和国外都住过，但对美国的中部地带基本上一无所知。你相信，某种真理和美国的美德就隐藏在这心脏地带，而身为作家，你当然会想要去叩问它。

阿曼达自小在心脏地带的核心长大。你在一家酒吧遇到她，只觉得自己简直走了狗屎运。你绝不可能鼓得起勇气上前搭讪，没想到她却走过来，找你聊天。你心里想：她长得真他妈的像个模特儿，而她自己竟然不知道。你相信，她那种纯朴坦率是心脏地带居民的典型气质。你想象她背对着日落，膝盖埋在琥珀色小麦波浪里的样子。她那种笨拙的优雅风姿让你联想到刚出生的小马驹。她有一头小麦颜色的头发——至少在你想象里是这样，因为你虽然已经在堪萨斯州待了两个月，却还没有见过任何小麦。在这两个月，你大部分时间都花在旁听市区规划委员会的会议、报道各个购物商场的不同和新社区发展计划的浸透测试上。每

天晚上，你因为嫌你住的公寓太静，都会带本书找家酒吧喝酒
看书。

　　她以为你来自曼哈顿。事实上，不管你说你来自麻省、新英
格兰还是只说来自东岸，每个堪萨斯人都认定你是纽约人。她问
了你有关第五大道、卡莱尔饭店和 54 俱乐部的情形。她显然是
从杂志上读到这些地方的，而且知道得比你多。在她的想象里，
美国东北部是一个以曼哈顿的玻璃帷幕大楼为中心、向四周蔓延
的乡村俱乐部。她又问你常春藤联盟的事情，似乎是误把它当成
某种正式的组织。当晚，把你介绍给室友认识时，她称你是常春
藤联盟的成员。

　　不到一星期，她便搬进你的住处。她在花店工作，但一直想
要上大学。你的教育程度让她汗颜和兴奋。她渴望上进的态度让
你感动。她要你帮她开一张书单。她问你打算什么时候出书。你
俩全部的计划都是指向哥谭①。她希望住在中央公园一带，而你
希望可以成为纽约艺文圈的一员。她写信向纽约各大学要来简
介，又帮你要投寄的履历打字。

　　你对阿曼达的幼时生活知道得愈多，就愈不奇怪她何以会渴
望有个新的人生。她父亲在她六岁那年离家，去了某处的油田工
作。阿曼达最后一次收到父亲消息时，他人在利比亚（他寄给她
一张印有清真寺照片的圣诞卡）。十岁那年，她随妈妈搬到内布
拉斯加州一个远亲的农场，但那里不太像个家。然后她妈妈嫁给
一个谷物饲料推销员，母女两人于是再搬到了堪萨斯城。那名推

---

① 纽约的别称。

销员难得回家，每逢回家就对妈妈动粗，对女儿色眯眯。阿曼达必须设法保护自己：你猜她妈妈并不太关心她。十六岁那年，她离开家里，搬去和男朋友同居。这段关系维持到你俩认识之前的几个月。那男的不告而别，只留下一张字条，表示要去加州发展。

她的童年比大部分人要黯淡无光，所以，每当你发现她有什么可挑剔的缺点，都会提醒自己，她值得你的体谅。

你俩在堪萨斯城住了八个月，其间只去过她妈妈家一次。阿曼达一路上都担惊受怕和闷闷不乐。她妈妈住在一条无树街道的一辆活动车屋里，阿曼达喊她作唐莉。你猜测，那个谷物饲料推销员已经消失了。狭促的起居室里凝聚着强烈的紧张气氛。唐莉是个烟枪，她向你抛媚眼，还有事没事便戳女儿一下。你看得出来，唐莉过去都是靠一张脸蛋混饭吃，而她现在痛恨且嫉妒女儿的年轻。母女俩长得极像，唯一不同的是唐莉有一个大胸脯——这一点她本人也暗示过好几次。你敢说阿曼达以她妈妈为耻：既以墙上挂着的丝绒画和水槽里未洗的碗盘为耻，也以她妈妈是个美容师为耻。当唐莉上厕所的时候，阿曼达拿起放在电视机上的参观纪念品（一尊自由女神像），说道："看看这个，这东西就是我妈妈的缩影。"她看来是害怕你会误以为这东西是她所有，害怕你会以为她品位低俗，害怕你会把她看成和唐莉一样的人。

两年后，你俩邀请唐莉到东岸参加你们的婚礼。她未能成行，让阿曼达如释重负。至于寄给她爸爸的请柬则是原信退回，上面盖了一堆阿拉伯文的邮戳。所以，婚礼当天，教堂里没有女方的近亲，唯一可显示阿曼达在来到纽约之前还有一段过去的，只有两个年迈的远亲。但这看来正合她意。

你俩刚回到东岸的时候，虽然你父母对你俩的同居计划并不热衷，但并没有干涉，也把阿曼达当成家人看待。你妈妈从来不会赶走一条流浪狗，也从不会在听到世界任何地方有小孩子吃苦时不自动拿出支票簿来。她像欢迎一个难民般地欢迎阿曼达。阿曼达需要有归属之处正是她的吸引力之一。情形就像你在杂志上读到的一则广告："你可以翻页，但你也可以选择拯救一个小孩的生命。"而这个小孩现在就在眼前，既漂亮又设法讨你们喜欢。早在结婚之前很久，她便已经喊你父母"爹地"和"妈咪"，又称你们在贝克斯的老家为"家里"。你的家人全都为之动容。就你记得，如果说你家人有过任何保留的表示，那就是你爸爸有一次问你，你认不认为你和阿曼达的背景差异长远来说会是个问题。

在你比较认真思考结婚的问题以前，所有人便已认定你们马上会结婚。经过两年同居，大家更视为理所当然的事。但你却不自在，不确定自己是否已经享受够人生。阿曼达对你的拖延感到泄气，她老是说她知道你总有一天会离开她。她显然是相信，结婚可以拖延甚至取消你的离开。让你犹豫的另一个理由是，你觉得你的深度是她无法完全了解的，而你也无法测度到她的深度——有时你甚至会害怕她完全没有"深"可言。但你最后把这种心态定位为一种不切实际的年轻人的完美主义。长大所意味的正是承认你不可能拥有一切。

求婚过程没有太多罗曼蒂克成分。事情发生在你参加一个朋友的派对而彻夜不归之后。你快要天亮才蹑手蹑脚走进家门，却发现阿曼达还没睡，正在起居室看电视。她大发雷霆。她指责你的行为像个单身汉。她说她想要的是一个可以托付终身的男人，不是她妈妈老是从外面带回家的那种流浪汉。你的内疚因为头疼而加剧。太阳正在升起，而你觉得她言之有理。你是个坏孩子。你想要改变你的人生。你想要补偿阿曼达的不幸童年。于是，你问她是不是愿意嫁给你。在发了一阵强烈的怒火后，她点头答应。

刚到纽约时，你纳闷阿曼达可以做些什么。她一直说想念大学，但等到要填写一大堆申请表格时，她又变得兴趣寡淡。她不太确定自己想做些什么。到纽约后的头几个月，她每天都只是看电视。

每个阿曼达碰到的人都说她是当模特儿的料。有一天，她在走过一家经纪公司时停下脚步，回家时带着一纸合约。

刚开始她表示自己讨厌走秀，而你认为这是一种有个性的表现。你认为，只要她没有认真看待模特儿的工作，那当模特儿便无伤大雅。稍后，当她把愈来愈多收入带回家之后，你愈发觉得这职业不是那么教人反感。她每星期都会说一次她准备辞职。她讨厌摄影师，讨厌皮条客似的经纪人，也讨厌天花乱坠的广告宣传。她对自己靠外貌赚钱有罪恶感，也不信任外貌可以代表一个人。你问她，难道她觉得当秘书会有趣？你劝她先忍耐，等存够了钱，她自然可以爱做什么便做什么。

你相信，只要她不是打心底喜欢模特儿的工作，那当模特儿就没什么大不了。你俩都取笑"真正的"模特儿：笑她们给自己弄出溃疡、疱疹等等一堆病，笑她们以为更年期是从二十五岁开始。你俩都鄙夷那些因为应邀参加 X 先生在"魔幻夜总会"举行的生日狂欢会而窃喜不已的人。但你俩还是去了 X 先生的生日狂欢会，而在阿曼达忙于应酬之际，你到楼上房间吸了一些主人好友带来的粉红色秘鲁雪花。

她的女经纪人常常教训她，当模特儿就应该当得专业，不要老是到收费十美元的地方做头发。阿曼达为此哑然失笑，又在你面前模仿她说话的调调。这位老经纪人是一九五〇年代的著名模特儿，有着女舍监的言谈举止和一颗老鸨的心。不过，过了几个月之后，你俩开始在较高级的餐馆用餐，而阿曼达也开始改去上东区做头发。

第一次去意大利演出秋装展时，她在机场里哭了起来。她提醒你，过去一年以来，你俩从未曾分开过一晚。她说她不想去了，让走秀见鬼去吧，经过你百般劝说才回心转意。去意大利之后，她每晚都会从米兰打电话回来。再后来，分隔两地对她似乎变得没那么难受。你们必须无限期地把蜜月延后，因为婚礼后三天，她便去演出春装展。

这期间你也忙于工作。有好几晚，你都是在她就寝之后才回到家。早上，当你隔着早餐桌望向她时，她的眼神常常仿佛是穿过了公寓的墙壁，越过了半个大洲，望向中部大平原，就像是她把什么遗漏在那里了但又想不起来是遗漏了什么；她的眼神就像她家乡一样广袤平坦。有时她又会两肘支在桌子上，在手指上卷曲一绺头发，头侧向一边，就像是在聆听风里的什么声音。她身上总有些什么让人捉摸不透，让你既感到神秘又忐忑不安。你怀疑连她自己也不是太知道自己真正向往的是什么。她曾经把向往寄托在不同的事情上：你、她的工作、拥有物质与花钱、她失踪的父亲。她一度把婚姻视为最高向往，但等到你们结了婚，她又开始渴望些别的什么。不过，她有时又会特地为你煮一道精心的晚餐，在你的公事包或抽屉里留一张表达爱意的字条。

几个月前，要收拾行李远赴巴黎工作时，她一面收拾一面哭。你问她是怎么回事。她说这趟出差让她神经紧张。她的情绪在计程车到达时恢复了平静。你在门边亲了她，她交代你记得要给盆栽浇水。

后来，你在她预定回国那天接到她的电话。她的声音很不自然。她说她不准备回家。你一头雾水。

"您是要改搭晚一点的飞机吗？"

"我打算待下来。"她说。

"待多久？"

"对不起。我希望你能好过点，我是真心希望。"

"你在说什么？！"

"我下星期要到罗马为《时尚》杂志拍照，然后再到希腊走秀。我的事业真的需要我留在这边。我真的不是想伤害你。我很抱歉。"

"事业？"你说，"您是从他妈的什么时候起把走秀当成'事业'？"

"我很抱歉，"她说，"但我真的得要出门了。"

你要求一个解释。她说自己一直过得不快乐。现在她感觉快乐了。她需要空间。她说了声再见，匆匆挂上电话。

用越洋传真与电话查了三天之后，你得知她住在塞纳河左岸一家饭店。接到你的电话时，她的声音显得疲惫。

"您有了别的男人吗?"你问,这是个在你心头盘桓了三个无眠之夜的疑问。这不是重点,她说,但没错,她是有了别的男人。对方是个摄影师。八成是那种自称为"艺术家"的摄影师。你难以置信。你提醒她,她说过所有摄影师都是男同志。

"皮埃尔是例外。"她说,这话让最后一根维持你心脏完整的肌肉组织为之绷断。当你稍后再打给她,她已经退房了。

几天后,一个声称代表阿曼达的律师打电话给你。他指出,你最简单的方法是控告他的客户"床笫遗弃"。那只是个法律用语。他的客户将不会抗辩。你俩可以把财产平分,但他的客户坚持要分到银餐具和瓷器。你挂上电话后号啕大哭。床笫遗弃。那律师几天后再打来,表示车子和联合支票账户都可以归你所有。你说你想知道阿曼达人在哪里。他回你电话时,问你要多少钱才愿意离婚。你喊他老鸨。"我要求一个解释。"你说。

这是几个月前的事了。你没向任何同事透露。每当他们问及阿曼达的近况,你都说她很好。你爸爸也不知情。你们通电话的时候,你说你诸事顺利。你相信,作为子女的责任,是让自己看起来快乐和富裕。在他为你做了一切之后,这至少是你可以为他做的。你不想让他为你心烦,而事实上,他自己的烦心事也已经够多了。另外,你也觉得,倘若你把水泼出去,就再也收不回来。如果你爸爸知道真相,将永远都不会原谅阿曼达。只要她还有一点点回心转意的可能,你都不愿意老人家知道她曾经不忠。你想要一个人扛起痛苦。虽然老家离纽约只有两小时的车程,但你却拿工作和要陪诺贝尔奖得主参加派对为借口,留在城里。你固然迟早都要回去,但你希望能拖多久是多久。

你站在第五大道的萨克斯精品百货的前面，目不转睛地看着那具人体模型。上星期有一天，当你开始对着这具模型大吼大叫时，有个警察走过来，要你走开。这就是阿曼达最后的模样：眼神空茫，双唇紧抿，沉默不语。

她是几时变成一具人体模型的？

回到办公室后，你要为法国选举追查事实的决心已经改变了。你此刻最想要的是到楼上那些空办公室打个盹，但你又无法不留在原地。所以，你就用四茶匙的麦斯威尔给自己泡了一杯速溶的浓缩咖啡。梅根告诉你，一共有三通电话找过你：一通是极地探险家学会的会长打来，一通来自法国，第三通来自你弟弟麦克。

你走进克拉拉的办公室，想要拿回那篇校样，但东西已经不在了。你问里腾豪斯这是怎么回事，他说克拉拉来过电话，交代把稿子送到排字房。她又吩咐把一份影印本送到她住处。

"也好。"你说，不确定自己是万分惊恐还是松一口气。

"你还想做最后一分钟的修改吗？"里腾豪斯说，"我确定还有时间供你做最后一分钟的修改。"

你摇摇头。"真要改彻底的话，得要三年时间。"

"我想你是不记得百吉饼的事了。"梅根说，"别在意。我其实不饿。我不应该吃午餐的。"

你向她道歉。你请求她原谅。你说有太多鸟事让你心烦。你说你一向记不住小事。你可以说出西班牙无敌舰队的覆灭日期，却说不出自己的收支状况。你每天不是找不到钥匙串就是找不到皮夹，这是你老是上班迟到的理由之一。每天早上光是要赶到办公室就已经千辛万苦，更遑论是要记得别人交代过你什么。你无法专心听别人说话。太多太多的小事了……

"对不起，梅根。我真的非常非常抱歉。我就是把一切都搞混在一起。"

所有人都看着你。梅根走过来，伸出一只手搂住你肩膀，用另一只手轻抚你的头发。

"放轻松，"她说，"不过就是个百吉饼嘛。坐下来，放松自己。一切都会顺顺当当的。"

有谁给你送来了一杯白开水。沿着窗户，盆栽形成一条丛林天际线，像一幅简单生活的绿色活人画。你想到了岛屿、棕榈树、食物采集。你想要逃到天边去。

昏迷宝宝还活着！

每个同事都是好人。他们全想罩你一把，帮你料理好桌上的工作。你最近都倾向于低估人类的良善。梅根、韦德和里腾豪斯全都劝你多休息，早点回家去。但你不想回家。你的公寓是一个恐怖厅：厨房里放着种种刑具，墙上挂着铁环，床上撒满刺钉。那是个必须避之大吉的所在。现在，因为摆脱了工作责任的紧箍咒，办公室在你眼中变得怪趣和可爱。

你逛到楼下的图书室，随意浏览各期的过期杂志。管理员玛丽安娜很高兴看见你。她的访客一向不多。她每天的工作就是把杂志上的一篇篇文章和专栏剪下来，再按作者、主题和出版年份归档。不管你要找什么，她都知道在哪里。起初，她对于你没有特别要找的东西感到失望，然后又在你找她说话的时候喜出望外。当你问她住哪里的时候，她起了疑心，及至谈话内容转向电影这个中性话题之后，才又兴致勃勃起来。她告诉你，她是三〇和四〇年代喜剧（刘别谦、卡普拉、库克）的粉丝。"你看过《天堂里的烦恼》吗?"她问。有，你当然看过。"电影早已不是从前那个样子了。"她说，然后又暗示某个你俩都认识的影评写手品位低劣，还有一张臭嘴。玛丽安娜对杂志社一向忠心耿耿，不免担心有些一心往上爬的人会从内部颠覆杂志社。她忧心"教主"会误信一些马屁精的坏建议。她钻到一个放着杂志合订本的柜子，找出一九七六年的合订本。她翻动书页，在其中一页指出一个四字词，告诉你这是本杂志第一次出现脏字。那篇东西无疑只是一篇小说，而它的作者无疑又得过美国图书奖，但一个脏字却代表着堤坝开始崩溃。她相信，坚守原则是一家杂志社的无上守则。"如果我们都不对脏字说不，那还有谁会说?"你觉得她这套门面伦理学让人感动，几乎让人难忍悲痛。

"不只是脏字，还有广告。"你说，"看看那些广告：拿着香烟做出性暗示动作的女人，乳沟里的钻石，无处不在的乳头。"

"真的是无处不在，"她附和说，"你知道今天早上有个小孩在地铁站对我说什么来着？他顶多八岁或十岁。"

"他说了什么？"

"我甚至不好意思复述。真的是难以置信。"

你太知道何谓"难以置信"。你甚至不会去想它，更遑论复述它。

稍后，你去到三十楼一间空办公室（它的主人正在休假——去了戒瘾中心）。你需要打一通私人电话。你把要说的话大声彩排一遍，说的时候设法装出英国腔。于是，你深呼吸一口气，打了阿曼达经纪公司的电话。电话另一头是一个你没听过的声音。

你自称是个摄影师，有兴趣找阿曼达·怀特合作。她在纽约吗？接电话那个女人显然是新来的，不然不会那么直率地披露消息。经纪公司的一贯政策是：把所有来电的男人都当成潜在强暴犯，直至证实并非如此才会松口。那个女人告诉你，你很幸运，因为阿曼达刚回到纽约，会待上两星期。"你知道，她是以巴黎为基地。"她说。你问她阿曼达最近是不是有什么演出，因为你想先看看她走台步再跟她联系。对方提到星期四有一场演出，然后你听到有什么人对她说话。

"我可以请问你的大名吗？"那女的问，忽然变得警觉和公事公办起来。但这时你已把话筒挂回电话。现在，你需要做的只是查出那场秀的举行地点，而这一点都不难：你只消打电话给一个在《时尚》工作的朋友，便可马上知道答案。在你的脑海里，报复的画面和言归于好的画面展开了天人交战。

从室内楼梯走下楼时，你瞄到克拉拉正大步走入事实查证部。你马上转身，拔腿往上跑，再躲入小说部的男厕避风头。你固然知道自己迟早都得面对她，但迟迟早好。愈迟愈好。目前你的内在均衡状态弱不禁风。也许，未来哪一天，你们将会把酒言欢，一笑泯恩仇。那将会发生在你的人生传记从"荒唐年少岁月"一章转入"崭露头角"一章之后。到时候，总是能宽恕员工的杂志社将会自豪地把你视为它的一员。你乐于在这中间的年月呼呼大睡，直至"荒唐年少岁月"章节结束才醒来。目前，你需要的是一卡车的"利眠宁"和一次漫长美好的昏迷。

当华特·泰勒推开厕所门时，你正对着镜子端详自己的脸。他是旅游文学主编。你常常不知道要怎么跟他打招呼，这是因

为，他有时会很在意自己的高阶主管地位和新英格兰世家的血
统；而另一些时候又会表现得纯粹像是一个洋基球迷。如果你猜
错他当时的心理状态，肯定会把他得罪。有时候，一个低阶雇
员迳称他的名字会让他觉得刺耳；而在另一些时候，太正式的称呼
又会伤害他热烈的同志情谊。所以这一次，你只是点点头和说了
声"哈喽"。

"我一直想找个事实部的人问一问，"他说，一面在尿斗前面
就位，"克拉拉尿尿是上男厕还是女厕。"

现在你有线索了。"我认为她不需要尿尿。"

"真绝。"他说。他要过一阵子才尿得出来，为了填满这段时
间的寂静，他问："喜欢待在下面吗？"听起来就像你是上星期
才来的新人。

"一句话，我宁可待在小说部。"

他点点头，然后专心办正事，事毕后问你："你也写东西，
对不对？"

"只是随意想什么写什么而已。"

"嗯。"他抖抖下体，拉上裤链。走到门边的时候，他转过
身，以一种认真的眼神看着你。"读读哈兹里特①的东西吧，这
是我的忠告。"他说，"读读哈兹里特，并在每天吃早餐前写点东
西。"

真是个会让人毕生难忘的忠告。你也要给他忠告：如果他想
回到办公室后裤裆仍然保持干爽，刚才就应该再多抖一两下。

---

① 哈兹里特（William Hazlitt，1778—1830）：英国散文家、评论家。

你往电梯的方向走去。某个你从未见过的穴居人从一扇办公室门后探出头，又马上缩了回去。在走廊的转角处，你差点就跟"幽灵"撞个正着。

"幽灵"把头侧到一边，盯着你看，眼皮眨个不停。你说了声午安，自动报上身份姓名。

"对啊。"他说，就像早知道你是谁。他喜欢给人一种印象：他的隐遁给了他一个优势，让他可以冷眼旁观一切，知道的比你以为的多。你以前只见过这号传奇人物一次——据说他为了写好一篇文章，迄今已磨了七年。

你说了声抱歉，快步离开。他也是快步走远，而且脚下无声，就像是穿了溜冰鞋。你毫发无伤地逃出了大楼，只有外套遗落在事实查证部。

那是个温暖潮湿的下午，显然正值春天，不是四月底便是五月初。阿曼达是在一月离开的。她打电话回来的那个早上，路上还积着雪。一片白茫茫在中午时变灰变脏，然后消失到排水沟的格栅里去。花店在中午前打电话来，问你为阿曼达订的花束是否照原定计划送货。当你后来得知自己被背叛之后，这一切都变成了象征和讽刺。

你遁入第四十四街一间爱尔兰人开的酒吧。那是一个人人互不相识的好所在，每个人的心思都放在喝酒和看体育节目上。长形酒吧的远端有一片大大的电视荧幕，正在播放什么赛事。你在吧台一张旋转凳坐下，点了杯啤酒，然后把注意力放在荧幕上。正在播的是篮球比赛。你本不知道一年中的这个时候是篮球时节，但你喜欢看着两群人把一个球争过来、争过去，觉得很有安抚情绪的作用。坐你旁边的家伙转过身，对你说："那些该死的笨蛋不知道要怎样应付全场紧逼盯人。"

你点点头，往嘴巴灌了一口啤酒。他似乎等着你回应，所以你便问他，赛事进行到第几局。

他上下打量你，眼神就像你手上拿着本诗集或是脚上穿了双搞笑的鞋子。"第三'节'。"他说，然后掉过头去。

你多次下决心要培养运动的专业知识。你愈来愈意识到，运动的细节攸关男性的"哥们儿"感情。你清楚了解到自己的无知。你被这个国家最大的一个兄弟会排除在外头。你希望自己走进一家酒吧或小吃店之后，可以跟别人聊某一笔季中球员交易有多么愚不可及。你希望自己可以同时跟货车司机、股票经纪都扯得起来。念中学的时候，你从事的运动都是单人运动：网球和滑雪。你不确定何谓"区域联防"。你看不懂政治专栏里的运动比喻。一个会错过"超级碗"转播的男人不会受到其他男人的信任。你很希望可以花一年时间观看 ABC 转播的每一场比赛，并把一年五十二期的《体育画报》全都读过一遍。这样的话，你将有办法应付这一类的问话："拉弗勒在对波士顿队第三局射入的那记劲射不赖吧？"等一下，是第三"局"吗？还是第三"节"①？

你在五点二十分离开酒吧，外面正在下雨。你往时代广场的地铁站走去，途中经过一张张写着"妞儿"的单张："妞儿""妞儿""妞儿"，还有一张是写着"小哥儿"。在一家文具店的外面，

_____
① 拉弗勒是草地曲棍球球员。这种运动分为上下半场。

你看到了"别忘记母亲节"的提醒。雨开始变大。你不记得自己还有没有伞。你有好多把伞遗忘在计程车上。通常，每逢下雨，每当第一滴雨滴落在马路上的时候，每一个街角便都会马上出现卖伞的人。你一向纳闷，他们是从何而来，没下雨的时候又是窝在哪里。你想象，这些雨伞小贩都是围在一部强功率收音机的四周，等着每一回的"全国天气报道"，又或是睡在一间邋遢的客栈房间里，手臂搁在窗外，随时准备好被第一滴雨叫起来。另外，他们说不定也和计程车有交易，会以极低价钱收购乘客遗失的雨伞。这个城市的经济是由一些奇怪的、地下的回路所构成，神秘莫测得就像人行道下面的电线与管路。不过，就目前来说，你举目四望，却看不到半个雨伞摊贩。

你在月台等了十五分钟。不管望向哪个方向都看得到那个"失踪者"①的脸容。扬声器广播出一则提醒，说是快车暂停服务。隧道传来阵阵湿衣服的气味和尿臭味。然后又有广播，说因为有一段铁轨失火，慢车将会晚点二十分钟。你在人群之中挨挨挤挤，往位于地面的出口而去。

雨还在下。想招到一辆计程车有如缘木求鱼。每个街口都有扭结在一起的人群向着路过的车流挥手。你顺着第七大道走到公车站牌，看见小小的公车亭里挤着二十来人。一辆塞满目无表情脸孔的公车开了过来，但没有停站。

一个老妇人从公车亭蹿出，追在公车后头。"停车！快给我停下来！"一面喊一面用伞敲打车尾。

---

① 这里和后面提到的"失踪者"都不是指那个叫玛丽·奥布莉安·麦肯的失踪女孩，详见下文。

另一辆公车开进站，吐出一批乘客。公车亭里的暴民纷纷握紧雨伞、手提包或公事包，准备好要为争夺座位而战。不过，等乘客都下车以后，公车便几乎成了空车。司机是个个子高大的黑人，腋下部位汗渍斑斑。"慢慢来，别急。"他说，声音威武，很有效果。

你在前排坐下。公车在车流中缓缓前进。过了第四十街之后，街道招牌从第七大道变成了时装大道，表示你已经进入了成衣区。这里是阿曼达的老地盘。在第四十二街以北，人们卖的是没穿衣服的女人；在这条街以南，人们卖的是穿着衣服的女人。

在第三十四街的公车站牌，公车上起了一阵小骚动。"不找零。"司机说。一个年轻人站在投币箱前面，设法把手伸进紧身牛仔裤的口袋。他穿着桃红色的"鳄鱼牌"衬衫，蓄两撇像是倒挂眼眉的八字胡，一根手臂夹着一个文件夹和一把肥肥的日式纸雨伞。他把雨伞靠在投币箱。"往旁边靠，"那司机说，"外面的人会湿掉。"

"我太知道'湿'是什么感觉，大块头。"

"我就知道你知道，小娘们儿。"

最后，年轻人把需要的铜板集齐，用夸张的动作一次一枚地投入投币箱。然后又向公车司机甩了甩屁股。

"往后面走吧①，小娘们儿，"司机说，"我知道你擅于此道。"

走过走道的时候，年轻人故意扭腰摆臀，装出一副娇滴滴的样子。司机转过身看着他一直走到后头，然后捡起他遗忘在前头

---

① 这是双关语。

的日本雨伞。等全车人都安静下来之后，司机才说："哎，奇妙仙子①，你忘了你的仙女棒。"

每个人都看着这一幕，或窃笑，或哄笑，全都等着看下文。公车还未开动。

奇妙仙子站在公车后方，两眼眯起，怒目而视。但继而脸上绽放一个微笑。他走到最前面，接过雨伞。然后他把伞高举过头，把伞轻轻拍在司机肩膀上三次，就像是册封骑士，一面这样做一面用愉快的假声念道："变成屎，变成屎，变成屎。"

等你回到你住的那栋大楼的外头，才发现钥匙不在身上。你把钥匙放在外套里，又把外套搁在了事实查证部。不管你有多不喜欢你的公寓，那里至少有一张床。你想要睡觉。你已经达到了精疲力竭的最高点，所以也许会睡得着。你在回家的路上一直惦记着厨房里那一小包的速溶可可和电视里演的《家族火拼》②。你甚至考虑过睡前读一点点狄更斯：读一点别人的悲惨遭遇可以让你暂时忘记自己的苦难。

你想象自己与其他流浪汉蜷缩在人行道上排热罩管③四周的样子——这只比想象门房（一个希腊大块头）愿意把备份钥匙给你难一点点。自从上次你忘记送他圣诞节的例行节敬（现金或酒），他就没给你好脸色过。他老婆的吓人程度不遑多让，是全

---

① 迪士尼卡通里的角色。

② 《家族火拼》是一个电视问答比赛节目，参赛者以家庭为单位，由理查德·道森主持。

③ 这是一种形状像漏斗的设施，用于盖在打开的入孔，以供街面下形成的蒸汽顺利排出。流浪汉常常借之取暖。

家里唯一有髭须的一个。

　　幸而，应门的人是希腊大块头一个远房亲戚，是个英语蹩脚的年轻人，持的是启人疑窦的入境签证，要让他就范比较容易。不到几分钟，你便站在自家公寓的门前，手上拿着备份钥匙。有谁用胶带把一个信封贴在门上，信封上印有阿拉格什服务的广告公司的标志。里面是一封短束：

教练：

　　多次打电话到阁下盛名远播的公司都找不到人，不得已只好把讯息留在贵单身宿舍门外。阁下还在朝九晚五的时间上下班吗？上帝知道那确实很累人，但阁下应该设法保持现身，以便发生紧急事件时（如眼下这一宗）让别人找得着你。

　　长话短说：与浪女樱姬温存乃在下期盼已久的愿望，这愿望眼见就要在今夜实现，不意却受到一位表妹（她属于敝家族的波士顿分支）的来访所威胁。我知道阁下在想什么：阿拉格什氏族竟会有高贵的波士顿族人！但每个家族自有它不可告人的秘密。上述的表妹来这里是要参加纽约大学的学术交流，目前下榻在在下的公寓。她是个有教养的年轻女子，属于知识分子类型，不会高兴于由一个满脑子想着牙膏市场调查报告的客户经理作陪。要达成这项任务，必须具备的条件不少于要会说法语、爱读《纽约书评》和具有无法言喻的纯真魅力（阁下的名字与这种魅力是同义词）。别让在下失望，教练。只要你能达成任务，在下的一切（包括一包最正的玻利维亚好料在内）则都会是属于阁下的。小人的铭感五内更是不消提了。在下已经擅作主张，告知敝表妹（一位名叫薇琪·霍林斯的小姐），阁下将会于七点三十分到"狮头"酒吧与其相会，而在下与樱姬亦会在力所能及的最早时间内赶到。已把你形容为年轻时代菲茨杰拉德、海明威与晚期维特根斯坦的综合体，所以也请阁下按照此种形象着装。

T. A. 敬上

又及：如果你与敝表妹看对眼又或是因此染上罕见病毒，本部将拒绝承认你的行动是由本部授意。

泰德·阿拉格什自作主张的大胆程度让你震惊。你打电话到他公司，想要婉拒邀请，但他已经离开。哼，管他的，问题既然是他和他表妹弄出来的，就该让他们去伤脑筋。一想到阿拉格什家的基因和波士顿的气候结合会有何种后果，便让人不寒而栗。照他的简单描述推断，他表妹应该是个女学究，习惯穿格子花呢裙子，是新英格兰绿油油草地的一个曲棍球前选手和"长相部门"的落选选手。她应该天生就是克拉拉的说话调调（克拉拉自己的说话调调则是赝品，是她在瓦萨尔学院念书时耳濡目染习来的）。你打算拔掉电话线，日后见到泰德时佯称你没看到他的信。

你打开电视，一屁股坐进沙发。《家族火拼》很有趣。十个家庭抢答一个有关园艺工具的问题，而理查德·道森也是表情十足。但你老是瞄看时钟。到七点二十分的时候，你已经站了起来，在两个房间之间踱来踱去，不时会踢到堆在墙角的衣物。就你对泰德为人的了解，他一定不会到"狮头"赴约，这样的话，他那个可怜表妹将会落入一票未成名演员和失意作家的魔掌。跟她喝几杯、聊聊天，不会死人。你把一件外套往身上一披，出门而去。

你比约定时间迟到了十分钟。沿着吧台挤了两排人，但毫无阿拉格什的迹象，也看不见任何穿格子花呢裙和五官长得像阿拉格什的人。

喝啤酒喝到一半的时候，你瞄到有个女生单独站在衣帽架旁边，手上拿着一杯酒，正在看书。她不时抬头看看，然后重又看书去。她打量四周时，你盯着她的眼睛看。她有一张聪慧的脸，头发颜色介于草莓色与金色之间（酒杯的光线太暗，让你说不准）。猜想到她可能是那个波士顿阿拉格什的念头，竟让你喜出望外。但她一身靴子、牛仔裤和黑色的丝衬衫，既没有马德拉斯布补丁也没有格子花呢。

让阿拉格什和他的家族见鬼去吧。你乐于跟这个女孩聊聊天，问她吃过晚餐没有。说不定，这个女人可以让你忘记自己的各种忧烦，开始吃早餐和慢跑。你向她慢慢靠近。她手里的书是斯宾诺莎的《伦理学》。她再次抬起头时，你俩四目交会。

"这里没有太多理性主义者[①]。"你说。

"我不惊讶，"她说，"这里太暗了。"她的声音听起来像是涂

[①] 斯宾诺莎为十七世纪荷兰哲学家，在哲学史上被归类为理性主义者。

了蜂蜜的沙砾。她的微笑只维持到足以鼓励你，然后便又低头看书。你希望可以记起多一些有关斯宾诺莎的事情，但来来去去只记得他曾被逐出教会。

这时阿拉格什出现在酒吧门口。你考虑要躲到男厕，但他已经看到你俩，直往这个方向走来。他伸手与你一握，再在女哲学家脸上吻了一吻。

阿拉格什告诉你（说的时候眼珠子转了转以示贬意），薇琪在普林斯顿大学念哲学。介绍你的时候，他说你是个备受崇拜的文学名流，只不过名声还没有传到外省。

"我真不想又要走开。但我跟樱姬说七点三十分碰面，她却听成十点。所以她目前仍是——可以这么说——穿着'媒体'服装①。我得要穿过这座城市，到另一头去接她。但我们四个还是一起吃晚饭吧。"他看了看手表，"九点半好了。不，十点好了。我们十点在'拉乌尔'见。记得啊。"他在吻别薇琪时把一个小玻璃瓶塞到你手里。

薇琪看来对她表哥的好客感到困扰。"你都听得懂他说的话？"

"差不多吧。"你知道这个晚上你俩将不会再见到泰德·阿拉格什。

"他说七点半而他的约会对象却误会是十点，这可能吗？"

"这种误会很常见。"

"好吧。"她说，把书放回手提包。这可以是一种很局促的处境，但她却表现得很明快。"接下来要怎样？"

---

① 指没穿衣服。

　　阿拉格什已经用一丁点的草贿赂过你。你可以考虑邀她回你的住处，分享好料，但你却不知怎地觉得这不是好主意。虽然你猜她会乐于接受邀请，你却希望看看自己是不是可以不靠化学药物而消磨一个晚上。你想听听自己不带"飞毛腿冈萨雷斯"南美口音①的聊天声。

　　你问她是不是想留下来再喝一杯，而她问你有没有什么地方想去。最后，你们走上楼梯，去到街上。你联想到柏拉图笔下那个从表象世界走向实相世界的山洞人。你好奇同样的事情会不会发生在自己身上。有一个哲学家做伴让你开始喜欢思考。

　　你们先是流连在谢里登广场边缘，看一个特技艺人把独轮车骑过一根横在两面篱笆之间的钢索。人群中一个小伙子转身对薇琪说："他在世贸中心两栋大楼之间干过同样的事。"

　　"你能够想象吗？"一个女人问。

　　"听起来像是我的工作。"你说。

　　当那个特技艺人拿着帽子走到你面前时，你放入一美元。接下来你俩朝西走，心里没设定什么特别的目的地。薇琪一面走一面告诉你有关她的事。她在哲学研究所念到第三年，来这里是要参加纽约大学的一个学术会议，负责反驳一篇题为《为什么这世界其实没人存在？》的论文。

　　这个晚上天气冷凉。你俩不知不觉走进了格林威治村。你指给她看各种地标和你喜欢的排屋。就在昨天的时候，你还觉得格林威治村太乡土味，不值得一游，但今晚你却油然记起你从前有

────────

① 迪士尼卡通中的角色，是只戴墨西哥草帽的老鼠，说话带有南美洲口音。

多喜欢纽约市的这部分。整个区都飘散着意大利菜的味道。这里的街道街名友善，而且是以各种奇怪的角度切入纽约市的网格状地图。建筑都不会太庞大，不会吓着人。不过，一些大腿过粗的同性恋壮汉（披着皮革和铁链的）却是会把人吓着。

在布利克街，薇琪停在一家古物店的橱窗前面，指着一匹红白两色的旋转木马给你看。"我希望日后住在一栋客厅可以放旋转木马而不显得怪的房子。"

"再放一台投币式点唱机如何？"

"当然好。还要有弹珠游戏机，最好是够古老的那一种。"

你们恢复散步后，她开始描述她自小所住的房子。那是位于马波赫海岸一栋格局散漫的都铎式房子，建成于世纪初，一开始是用作夏天度假别墅。虽然有一间正式的餐厅，这房子却从不失去它湿毛巾的氛围。有好些空房间可供玩耍，楼梯底下的有门凹间是薇琪的专属地盘，未经她批准，谁都不许入内。那里宠物很多。家里四姐妹喜欢在大姐的带领下，到凉亭里举行家家酒茶会。她父亲在船屋里养鸡，又花了几年时间想要把一片菜圃种活。他每天都是早上五点便起床，然后去游泳。妈妈会继续待在床上，直至四个女儿和所有宠物都聚集到她房间才起床。

她活泼的手势和脸部表情让一个童年时代的世外桃源活灵活现。这时你才注意到，她脸上有雀斑。你情不自禁地开始把她想象成一个带着沙桶到海滩去玩沙的小孩。隔着一个扭曲的时空，你看见自己站在一个断崖上看着这小女孩，并在心里想：有朝一日我将会认识这女孩。但你还想在这中间的年月看顾好她，让她不会被同学欺负，不会遭到年轻男子的无情诱拐。她叙述往事时都是使用过去时态，这让你意识到，在她的童年和现在之间，曾经发生过什么无法挽回的憾事。你怀疑菜园里藏着一条蛇。

"您父母都好吗？"你问。

"三年前离婚了。你的呢？"

"白头偕老。"你说。

"你比较幸运。"

"幸运"不是个你会选的字眼。

"你有兄弟姐妹吗？"

"三个弟弟。最小的两个是双胞胎。"

"真好，刚好对称。我是说我家刚好是四姐妹。男生在我们眼中很神秘。"

"我知道您的意思。"

"我们待会儿非得跟泰德碰面不可吗？"

"泰德没打算跟我们再碰面。或者应该说，他有那个心，但不会出现。"

"是他告诉你的？"

"不是，但我了解他的为人。他总是在赴约途中，但极少会到达。"

"他是怎样说我的？"她问，当时你俩坐在查尔斯街一家咖啡厅的院子里。她嫣然一笑，就像是想把你收买过去。她似乎相信，你对泰德的忠诚将会在她的示好攻势下瓦解。

"不多。"你说。

"少来。"

"他设法虚构您。我本来以为您爱打草地曲棍球，戴着厚重眼镜，穿绣着花押字的及膝长袜。"

她没有催促你给她进一步的恭维，只是微笑并低下头看菜单。

你告诉她泰德是个多棒的人。你喜欢他的精力无穷和行事风格。你的话几乎是真心的。他因为有薇琪这样一个表妹而加分不少。你愿意略过他的一些缺点。他未必是个刎颈之交，却断然是派对场合少不了的伙伴。你告诉薇琪，泰德总是会在你有需要的时候适时出现。他不算是个贴心的朋友，但无忧无虑的样子很让你受用。"你们两个亲吗？"你问。

"我觉得他是个浑球。"她说。

"说得好。"她说的一切都是那么的深得你心。你喜欢看她举杯喝水的样子：她的手和嘴巴都表现出同样从容。你担心自己看她的眼神太过专注，哪怕这种眼神多多少少是她自己所鼓励的。

"你的工作是什么性质？"她说，"听说很让人刮目相看。"

"请别刮目相看。我不是很喜欢自己的工作。我想我的上司也不是很喜欢我。"

"我知道有些人为了得到那样的工作，会不惜杀人。"

你不希望她刮目相看，是因为这工作也许即将不保。你巴不得从没有被人（包括你自己）刮目相看过。想到你曾经如何在别人面前大吹大擂，只会令你觉得汗颜。你向薇琪描述查证事实的程序有多么无聊乏味，花一小时又一小时翻查字典、电话簿、百科全书和政府小册子是多么的折磨人。你还告诉她，你因为对文章的风格提出若干修改建议而受到申斥。

"虽然认识你才两小时，"薇琪说，"但我不觉得这工作适合你。"

"我也不觉得。"

§

站在西四街和第七大道的交界处，你假装要等一辆计程车把薇琪送回泰德公寓。空计程车一辆接一辆开过，但你和薇琪却继续谈话。你俩谈到了工作、金钱、科德角、早餐吃的麦片和"心物问题"①。你已经抄下了她在普林斯顿的地址和电话号码。从餐厅往回走的途中，她挽住你的手臂而你按住她的。你感觉路上碰到的每个男人都以嫉妒的眼光看你——至少异性恋者是这样。你随时准备好回应她的命令做出一些疯狂举动，比方说偷掉一个警察头上的帽子或是爬上一根电灯柱，在柱顶挥舞她的围巾。

"我现在'真的'得走了。"她说。

"但愿您不用走。"

"我也希望。"她踏前一步，吻了吻你。你回吻她的时间更长。一分一秒过去了。你的身体起了反应。你考虑邀她回你公寓，但转念一想又打消主意。你想让这个无瑕疵的晚上保持完美。你已经在品尝回家路上回顾今晚每一个细节时的滋味，以及第二天早上与她通电话的滋味（你答应过第二天早上打电话给她）。你又想：就让克拉拉·蒂林哈斯特见鬼去吧，因为你今晚很快乐，什么都不在乎。

———————————

① 心物问题（Mind-Body Problem）：哲学基本问题之一，探讨"心灵"与"身体"（有鉴于两者的性质迥异）如何可能互动的问题，包括探讨我们如何能超出自己的内心世界，体验到别人内心世界的经验。

小矮人、白鼬和狗食

　　你一面吃喝着咖啡和煎蛋，一面把《纽约时报》和《纽约邮报》都读了一遍（包括体育版）。昏迷妈妈的病情恶化得很快。波士顿在篮球场赢了球，在棒球场输了球。女侍给你的咖啡杯添满过六次，但你全喝完之后还只是八点半。你是六点半起的床，仿佛向来如此。起床后你感到头脑清晰，同时清晰感受到昨晚与薇琪共度一夜的兴奋情绪，和将要面对克拉拉的恐惧情绪。你一起床就打电话给薇琪。她告诉你泰德一夜未归，而她睡得很好。现在你想要再打一次电话给她。谈什么？也许是告诉她你吃了什么早餐。

　　你在九点半进入办公室。梅根已经到了。她看到你的时候，露出一脸不知如何启齿的表情。你猜得到昨天克拉拉回来之后发生了什么事。她应该已经当着每个人的面数落过你有多无能。你懒得去问。

　　但梅根却沉不住气。她走到你的桌子前面。"克拉拉暴跳如雷。她说那篇法国稿子乱七八糟，但要抽走已经太迟了。昨晚大伙就该如何善后举行了冗长的会议。"你点点头。"你到底怎么了？"她问，就像她先前曾跟一个简单的答案失之交臂。

这时，里腾豪斯走了进来，做了他例行性的打招呼动作（介于颔首和一鞠躬之间）。你将会怀念他的蝴蝶领结和他的爱德华时代簿记员的礼仪。把围巾和圆顶窄边礼帽挂好在衣帽架之后，他也走到你的桌子前面，站在梅根的旁边，样子比平常还要凝重和沉郁。

"我们在谈那篇法国稿子。"梅根说。

里腾豪斯点点头。"我认为把刊登日期提前是个要不得的决定，虽然他们这样做一定有理由。"

"你根本不够时间，"梅根说，"谁都知道写它的那家伙对事实的查证漫不经心。"

"我们会挺你到底。"里腾豪斯说。

这话没能带来多少安慰，但你感激这份心意。

韦德慢慢走了进来，在你的桌子前面停住。他看着你，发出了咂舌声。"你想要你的坟前插哪种花？我已经拟好墓志铭：他没有面对事实。"

梅根说："不好笑，野洲。"

"好吧。但就连李尔王身边都有个小丑。"

"这种事有可能发生在我们任何一个人身上，所以我们应该团结一致。"梅根说。

你摇摇头。"是我自己的错。我自找的。"

"他们没给你足够时间，"梅根说，"那是一篇马虎文章。"

"我们全都有过让错误成为漏网之鱼的时候。"里腾豪斯补充说。

"情况到底有多糟？"梅根问，"你已经纠正了大部分的错误，对不对？"

"我甚至说不出来自己纠正了几成。"你说。所有人都在讶异：这种事会发生在我身上吗？你很乐意安慰他们，只有你才会这样。他们都想设身处地去想象那篇稿子有多难。昨天晚上，薇琪曾经聊到所谓的内在经验的不可言传性。她叫你试着想象当一只蝙蝠是什么感觉。但即便你知道声呐是什么和它是怎样作用，你仍然不可能知道拥有声呐是什么感觉，或知道当一只倒挂在山洞里的毛茸茸小生物是什么感觉。她告诉你，某些经验只能从一个观点角度才够得着：就是亲自体验到该生物的角度。你想，这表示你是唯一能感受自己感受的人。梅根顶多能想象她是你的话会是什么感受，无法想象你是自己的时候的感受。

你想感谢大家对你的关怀，但却无法解释这次惨败是缘何而起。

大家散开了。时间已经来到十点。你无事可做。你有一搭没一搭地收起分散桌面的文件夹和笔，把散乱的纸张重新叠好。"教主"从查证部的门前轻手轻脚走过。你们四目相接，他随即把头撇开。你感到双颊发热。他对礼貌出了名的讲究态度终于破格了。但这多少算是一种成就：你可以告诉子孙，你是历史上唯一受到"教主"怠忽的人。

你桌子上放着一篇你一直想读的短篇小说。你一行行文字读过去，感觉就像驾驶胎纹磨平的车子开过冰面：没有抓地力。你站起来，去给自己泡了杯咖啡。其他同事各自躬着肩膀在忙。在一片静寂中，你可以听见铅笔芯划过纸张的声音和冰箱压缩机的低沉嗡嗡声。你走到窗前，俯视下面的第四十五街，心想你说不定会看见克拉拉走过，再让一盆盆栽落到她头上。虽然行人都小得无法分辨，但你却看得见有个男的坐在人行道上弹吉他。你打开窗，探头出去，但音乐声被车流声淹没。有人敲敲你的髋部。韦德指向门口：克拉拉就站在那里。

"你马上到我的办公室。"

韦德吹了一声口哨："换作我是你，我就会往下跳。"

从窗边到克拉拉的办公室是一段非常短的路程。太短了。克拉拉砰一声把门甩上。她没示意你坐下，你就坐下了。眼前的情况比你预期的还要糟。尽管如此，你还是有若干抽离的感觉，就像即将发生的事已发生过，现在只是"前情回顾"。你后悔在"心碎"的时候没有专心听一个跟你谈"禅定"的女人说话。只要把一切看成是幻象，克拉拉便没有法子伤到你。当一个武士带着必死的决心进入战斗，就没有任何事物可以伤得了他。你已经认命地接受了灭亡的无可避免性。尽管如此，你仍然希望可以不用坐在这里，面对一切。

"我想知道你到底是怎么回事。"

一个蠢问题，问得太泛泛了。你深深吸了一口气。"我搞砸了。"你本来可以补充说，是那文章的作者自己先搞砸，你已经做了无数修正，而提前刊登日期也是一个不明智的决定。但你没把话说出口。

"你搞砸了？"

你点点头。这是事实。但以目前的个案而言，老实并没有让你好过一点。你觉得自己不敢迎接她的逼视。

"我可以斗胆请你再说得详细一点吗？我深感兴趣。真的。"

摆明了是在挖苦。

"我想知道，你到底是'怎样'把事情搞砸的？"

怎样搞砸？你要是说得清楚就好了。

"唔？"

你早已人不在此。你已经与鸽子一道飞出了窗外。你试着透过想象她的法式辫子有多么可笑（活像拖船上的大三角帆）来减轻你的恐惧。你怀疑她内心深处其实是以拷问你为乐。她盼着这种机会已经盼了很长一段时间。

"你明白整件事情有多严重吗？你危害到杂志的声誉。我们的声誉建立在对事实一丝不苟的审慎态度。读者仰赖我们去给予他们真理。"她要求一个答案。

你很想说：哇塞，您一下子从事实跳到真理，这个跳跃也未免太大了一点。

"杂志每出一期，本社的声誉便会受考验一次。等这一期杂志到了书报摊，本社的声誉便不得不打折扣，而且大概是无可挽回的。你知道在本社五十年的经营历史里，只有过一次回收杂志的例子吗？"

你知道。

"你有想过，杂志社的每个员工都会因为你的漫不经心而蒙羞吗？"

即使在最好的情况下，克拉拉的办公室也从不让人觉得大，而以目前的情况来看，它更是每过一分钟便变得更小一点。你举起一只手。"我可以问问您找出了哪些错误吗？"

她手上已经有一份错误清单：有两处重音标颠倒了；一个位于法国中部的选举区被误说成是位于法国北部；一个部门首长所属的部门被张冠李戴。"这还只是我至今所能找出的错误。我简直不敢想象再找下去会发现多可怕的问题。你交出来的校样一团乱，我分不出来哪些内容是查证过而哪些又是没查证过。重点是，不遵守标准查证程序已经成了你的第二天性。这程序是多年集体劳动的结晶，而且详细勾勒在你的工作手册里。只要恰当地应用，就可以保证事实性错误不会出现在杂志里。"

克拉拉涨红了脸。虽然韦德声称克拉拉最近在慢跑，但她的口气仍然很臭。

"你有什么可以为自己辩护的吗？"

"恐怕没有。"

"这已经不是第一次。以前我都以'疑点利益归于被告'的原则来对待你，但现在看来，你缺乏胜任这工作的条件。"

你并不准备反驳她说的任何话。你甚至愿意承认今天被《纽约邮报》详细报道过的每一桩罪行，以换取一张可以离开的通行证。你脸色凝重地点点头。

"我想听听你有什么话要说。"

"我猜我已经被开除了。"

克拉拉听到这话似乎很惊讶。她几根手指在桌面上敲来敲去，眼睛恶狠狠地看着你。你很高兴看到她的手正在抖。"你猜得没错。"她最后说，"即时生效。"

"还有什么吩咐吗？"你说。见她没有回答，你便站了起来，准备离开。你双腿微微颤抖，但心想她应该没注意到。

"我很抱歉。"她在你推开门的时候说。

你待在男厕一个单间里等待恢复从容姿态。虽然松了口气，并且感觉事情没有比你预期的更糟，但你搭在膝盖上的手仍然会随着膝盖的抖动而晃颤。你漫无目的地摸索口袋，找出了一个小玻璃瓶：泰德送的礼物。若是一个医生想要改善你的情绪状态，他大概也得开这种药。

你把一点点粉末抖到手背上。当你把手举起时，另一只手不小心松开了小玻璃瓶。瓶子随即掉进马桶，在马桶的搪瓷内壁弹了一下之后落入水中，发出很大的水花四溅声。这声音就像一条棕色大鳟鱼摆脱一个小假饵之后的落水声。

今天也许不是你的吉日。你本应先看看《纽约邮报》的星座运程专栏。

回到办公室之后，你看到其他人都围在里腾豪斯桌子前面窃窃私语，一看见你便变得鸦雀无声。

"怎样？"梅根问你。

虽然你双腿仍然微微颤抖，却有一种力大无穷的奇怪感觉。你觉得你有能力一跃便跳出窗外，在一个个屋顶上方飞翔。你觉得你单手便可以举起你的桌子。你几个同事的眉心上都烙有被压迫的印记。

"我很荣幸能与你们几位共事。"

"他们不是……"梅根说,"怎么可以这样!"

"他们就是这样。"

"她到底是怎样说的?"里腾豪斯问。

"她那番话的精义是我已经被炒鱿鱼了。"

"他们不能这样做!"梅根说。

"你可以考虑把这个案子递交给劳资仲裁委员会。"里腾豪斯说,"你知道的,我是委员之一。"

你摇摇头。"谢谢,但我不打算这样做。"

"好吧,但如果他们想要你走人,至少应该让你主动辞职。"韦德说。

"那不重要,"你说,"真的不重要。"

大家都想知道克拉拉实际说了些什么,所以你只好竭尽所能复述一遍。他们劝你应该坚守阵地、祈求开恩和诉诸特殊情况。他们不相信你宁愿挂掉而不愿战斗。克拉拉没有再出现。韦德认为,你应该把握这个机会做一个分手的大动作。他建议你挂一个月亮到"教主"的办公室门上。当梅根问你有什么打算时,你说不知道。

"我现在不想再待在这里。我会等明天再来收拾东西。"

"我们可以一起吃午餐,"梅根说,"我真的很想跟你谈谈。"

"说定了,明天吃午餐。到时候见。"

你跟所有人握了握手。梅根在你等电梯时赶了过来。"我忘了说,你弟弟麦克又打过电话来。看来他找你找得很急。"

"谢谢您,我会打给他。也谢谢您为我做过的一切。"

梅根两手抱着你的肩膀,亲了亲你的脸庞。"别忘记午餐的约定。”

去到街上的时候，你把太阳眼镜往脸上一挂，纳闷着要去哪里。这是一个老问题，但冒出的次数愈来愈频繁。不管你几分钟前有过什么，此时都烟消云散。你丢掉工作的事实已经开始成立。你不再与那家知名的杂志社有关，假以时日，便可以成为一名主编或编制内写手。你记起父亲得知你找到这份工作时有多么兴奋，也知道如果他晓得你被炒鱿鱼，将会是什么感受。

你走过去听那个路边吉他手的演奏。他弹的是蓝调，每一句歌词都直戳你第三和第四根肋骨之间。你听了《我无家可归》《宝贝别走》《长途电话》。当他开始唱《没妈的孩子》时，你转过身去。

在第四十二街近第五大道处，一个小伙子亦步亦趋地跟着你。

“有散装货。货真价实的夏威夷大麻。各种镇静剂和兴奋剂都有。”

你摇摇头。那小伙子看来顶多十三岁。

“你想要古柯吗？你想买我也有卖。未切过的秘鲁雪花。那是能够让你最接近上帝的方法。”

“多少钱？”

“五十块钱半份。”

“什么半份？半份硼砂还是半份甘露醇？”

“纯的，未切过的。”

“三十五块钱。”

“我是生意人，不是大善人。”

"我身上没有五十块。"

"四十五块吧。你简直是在抢劫。"

你尾随小伙子去到图书馆后面的公园。你进去以前先左看右看：他哥哥说不定拿着球棒正等着你。但你只见到两个年长市民在丢面包喂鸽子。小伙子把你带到一棵大树下面，叫你稍候。然后他跑往公园的另一边。你不敢相信自己会干这种事：助长青少年犯罪，并把钱浪费在街头毒品。然后小伙子从一个喷泉后面跑出来。

"我要先尝尝。"

"放屁，"他说，"你以为你是谁啊？约翰·德洛雷安①吗？不行！你只是要买半份。我已经说过品质很好。"

典型来硬的手法。他原先的销售员笑脸不见了。你突然意识到，你即将会被敲竹杠，但你仍然不放弃可以爽一爽的指望。

"那至少让我先看看嘛。"他去到树后面，打开一个小包。你买了一些白色粉末。重量看来没问题，但重量不能代表什么。你给了他钱，他把钱塞入口袋，一面看着你一面往后退。

既然是身处还算隐蔽之处，你想不妨先尝一尝。你把办公室钥匙当作调羹。第一吸的味道像水管疏通剂。第二吸因为有了心理准备，所以还不坏。尽管如此，你还是觉得你的鼻子喷出了一些火花。不管你拿到的是什么，你只希望它不含毒性。你希望里面至少混了一点点南美洲好料。你相信一股兴奋感正在你体内上升。你想要去个什么好玩的地方干些什么好玩的事，找个好玩

---

① 美国汽车制造业的名人。

的人说说话。但此时不过是上午十一点半，而天底下每个人都还
在上班。

过了好些时间之后，也就是近午夜时分，你回到了办公室。
陪在你身边的是泰德·阿拉格什。你们两人都精神高亢，而且聊
出了一个结论：不干那份鸟工作对你会更好，而且早不干比晚不
干好。在事实查证部待得更久，只会让你得到无药可治的肛门闭
锁症。但这个结论并不能让克拉拉·蒂林哈斯特的"反人类罪行"
（特别是你这个人类）得到开释。泰德指出，她的行为已经害你
的名誉受损。在他出生的那一带，这类侵犯名誉的行为是要用马
鞭或镶有象牙杖头的手杖来惩罚的；鞭打或杖责一个蓄意中伤的
主编是一种历史悠久的习俗。不过，目前的个案却要求更细致的
方法。所以，我们决定用一天里最好的时间执行适当的惩罚。计
划的一部分包括与理查德·福斯（就是那个扒粪的记者）取得接
触，向他透露过去两年来你在杂志社刺探到的一些肮脏内幕。你
本想略过这部分，但泰德坚持要你拿出战斗精神。他找到福斯的
电话，打过去，在答录机里留了言。他自称是"深小猪"①，表
示有重大内幕要披露。他也留了克拉拉的电话号码。然后你俩开
始进行计划的第二阶段。

夜班警卫看了你的工作识别证之后点点头，要你在登记册上
签名。你签了拉斐尔·克兰顿和爱德华·诺顿两个名字。警卫习
惯了杂志社的写手在奇怪的钟点来来去去，也没精力去管多出来

---

① "深小猪"（Deep Shoat）这个词是仿"深喉"（Deep Throat）而来。"深喉"是向报界
透露水门案内幕的线人的外号。

的两个醉鬼。他向货梯指了指,然后回头看他的摔角杂志。他甚至没有问你手提箱里装着什么。

货梯开始往上升的时候,手提箱里传出类似鸟叫的尖叫声。白鼬的凄惨呼声让你不禁重新思考,这说不定是个坏主意。你不是对克拉拉动了善念,而是觉得对不起白鼬弗瑞德,让它在不知情的情况下成了共犯。

"真是太容易了,我连一滴冷汗都没流。"泰德说,"我们其实应该试试带只小狼来的。"泰德起初想带的本来是蝙蝠,但听说你有只白鼬之后眼睛一亮,决定改带白鼬。

电梯门在二十九楼打开。你俩站在电梯里面,竖耳倾听。一片寂静。泰德以探问的眼神看你。你点点头,跨出电梯。泰德跟随在后。电梯门随即嗖一声关上,就像是有一列货运火车掠过。缆索与滑轮引起的空洞回声缭绕了一下子,然后一切复归寂静。泰德探身对你附耳说:"不留活口。"

你在走廊里带路,手中提着手提箱。直到走廊转角处之前的每间办公室都没有灯光,但你仍然提心吊胆。"教主"是出了名的喜欢在奇怪的钟点出没,所以,你也在脑海里短暂地想象了一下,与他在转角处迎面撞见的画面。真是那样的话,你准会惊吓而死。尽管如此,制造恶作剧的心理仍然让你的肾上腺素升高。没有任何刺激是不带恐惧的。装在走廊转角处的四十五度角镜子,显示出前面的走廊直到尽头都没有一丝灯光。

克拉拉办公室的门上了锁,但这不成问题。你有一把事实查证部的钥匙,而你知道《大英百科全书》其中一册的后面藏着她的办公室钥匙。哪一册？还用说，当然是 K 字册①。要拿到这钥匙只是一眨眼的工夫。

你们走进克拉拉的房间，把门关上。"我们进了火龙的老巢。"泰德轻声说。你把灯打开。"你们喊这种地方办公室？"他说，"我倒觉得更像是个傲慢女佣住的工人房。"

你已经来到这里，却不太知道下一步该怎么办。弗瑞德在手提箱里拼命抓来抓去。

"皮带在哪里？"你问。

"我没有。"

"我拿给你啦。"

"我们用不着皮带。让它像一个活塞那样从书桌抽屉里跳出来会更有惊吓效果。"

泰德把手提箱放在地上，打开锁扣，往后站去。"放它出来。"他说。你掀开盖子。接下来的事情发生之快，让人措手不及。你才一掀开盖子，白鼬便朝你的手咬了一口。你痛极了，于是猛然甩动手臂，把白鼬甩向泰德那头。弗瑞德落地前把泰德的裤管撕破一条裂口，然后在房间里横冲直撞，弄倒了一些箱子，最后蹿上了书架，躲在一排《科学美国人》合订本的后面。

你的手痛如火炙。伤口透过一条烧红的电线连接到你的脑子，而这个脑子又在你的头颅骨里反复搏动。你甩甩手，几滴红色鲜血溅到了墙壁上。泰德脸色发白，低头检视只位于胯下一点点的裤子破口。

---

① 克拉拉的姓氏以 K 字母开头。

"老天爷，再高一英寸我就会变成……"

他的话被捶门声打断。

"天啊！"

然后又是一下捶门声和一个粗嘎的说话声："快开门！我知道你们在里面。"

你认得这声音（情况看来会更糟），便把一根手指竖在唇边，示意泰德不要作声。你从克拉拉的办公桌拿过一支铅笔和一本便条纸，用未受伤的左手笨拙地写下一句话：门锁了没？

泰德用一种"你把我考倒"的眼神望着你。

门把先是往一个方向转，再向相反方向转。泰德戳戳你手臂，用唇语问你该怎么办。接着门钮咔一声弹了开来，门被推开。阿历克斯·哈迪站在门框内。他神色凝重地点点头，就像早早料到会在午夜这时撞见你和泰德两人在克拉拉的办公室搞鬼。你急速转动脑筋，想编一套说法蒙混过去。泰德则正在挥舞一把从门后面找到的码尺。

"你吓了我们一大跳，阿历克斯。我想不出来有谁会在晚上这个时候还在这里闲晃。我在找我的皮夹。今天早上我把它落在这了……"

"小矮人。"阿历克斯说。

泰德用探问的眼神看你。你耸耸肩。

"我受到小矮人的包围。"

你这时看出来了，阿历克斯已经醉得一塌糊涂。你怀疑他根本不认得你。

"我认识许多巨人，"他说，"我和巨人一起工作过。这些人写出来的东西会惊天动地。好吧，我承认他们也搞搞女人，或说是小女生。但重点是他们有雄心。重点是他们有才华。不像现在那些矫揉造作的臭大便。不像你们这些杀千刀的小矮人。"说完，他激动得握起拳头，捶打墙壁。就在这时，白鼬从躲藏处蹿出，如箭一般冲向门口，途中穿过阿历克斯的两腿之间。阿历克斯吓了一大跳，设法要闪避它，随即失去了平衡。他先是想扶住门框，继而想要扶住衣帽架，最后想要扶住书架，结果是让衣帽架和书架随着他一起倒下。衣帽架的挂钩只差一点点就戳着他的脸。阿历克斯大字形倒在一堆书之间，你不确定他摔得有多重。

"趁他还没有醒来，我们赶快闪人吧。"泰德说。

"我不能弃他于不顾。"你蹲下来，检查阿历克斯的伤势。他还有呼吸。办公室里早已一片酒味。

"算了吧。难道你想向他'解释'我们来这里是干什么的？走吧。"

你挪去压在阿历克斯胸口上的几本书，又让他的腿伸直。从走廊哪里传来电话铃声。

"老天爷见怜，他还活着。快走吧，如果我们被逮到，就死定了。"

"把手提箱带走。"你说。然后你从克拉拉的椅子上拿来靠枕，垫在阿历克斯后脑勺。他的两只脚都突出在门外，所以你无法把门关上。电梯老半天才抵达，开门时又发出一阵咔嗒嗒的声音，就像是发布全面通缉令。

大堂的警卫仍然全神贯注在看杂志。你把受伤的手插在夹克口袋里。一到街上，你们两个马上拔腿狂奔。

坐上计程车之前你俩都不发一语。到了泰德家之后，你清洗和检查伤口，他则去换上新的长裤。起初你忧心忡忡，不断地回想最后一次注射狂犬疫苗是什么时候。白鼬的齿印清晰嵌在你的拇指和无名指之间。伤口深而不宽。泰德安慰你不用太担心。他说，如果那只白鼬真有狂犬病，那它在被放入手提箱之前就不会那么友善了。他往你的伤口浇了一杯伏特加。你乐于接受他的安慰。你不想上医院。你讨厌医院和医生。酒精干燥后的气味让你作呕。然后你想到阿历克斯。也许他会脑震荡。只有《纽约邮报》有本事把这种事变得有趣：福克纳的朋友被毛茸茸的恶魔撞翻。

"他只是醉得不省人事罢了。"泰德说。

"希望是这样。"

"真想看看明天早上那伙人上班之后的表情。"

泰德从小药柜拿出一些棉垫和胶带，又在你忙于料理伤口时抖了几线粉末在桌子上。

用过麻药之后，你的疼痛和罪恶感都消退了，先前发生过的事变成了寻开心的话题。"巨人，"泰德说，"去他妈的巨人。当时我想，这个喊我杀千刀小矮人的侏儒是谁？然后，白鼬弗瑞德砰一声冲了出来，解救了我们，也导致了 De casibus virorum illustrium ——这句话是我以前在拉丁文课堂上学来的。"

"什么意思？"

"'名人的倾覆'之类的。"

泰德建议再出去混混。他说时间尚早。而当你说时间其实已不早时，他指出你隔天又没有班要上，不需要早起。这是个有力的论点。你同意到"心碎"去喝一杯。

在计程车朝下城区驶去时，泰德说："谢谢你帮我搞定薇琪。樱姬对你无限感激。"

"乐意之至。"

"真的？难道这次你走了运？"

"不关你的事。"

"你不是认真的吧？"他凑身过来，端详你的脸，"你是认真的。好，好。各有所好。"

司机在几条车道之间换来换去，用一种中东语言念念有词。

"不管怎样，我都乐于看到你从阿曼达那码子事走出来。我的意思是，她固然不难看，但我搞不懂你为什么会觉得非娶她不可。"

"我自己也一直不解。"

"当初你读到她额头上写着的启事时没有起疑心吗？"

"什么启事？"

"有地方出租，长短期租赁不拘。"

"我们是在一家酒吧认识的。那里灯光太暗，不可能读到什么启事。"

"一定不会太暗，否则她不会看得出来你是带她离开'活动车屋停车场'的车票。五光十色大城市——这是她想要的。如果你真想过神仙眷侣的生活，一开始就不该让她干模特儿。在第七大道待一星期足以毁掉一个修女。那里的泥土只有一层皮厚，不可能让你那种传统的家庭价值观生根苗壮。阿曼达是在设法远离红泥土和四轮传动车，愈远愈好。她知道，凭着她的脸蛋会比凭着你更能让她去到更远。"

在泰德看来，阿曼达的离开不只不让人惊讶，还是不可避免的。那印证了他的世界观。看来，你的心碎只是同一个老掉牙故事的另一个版本。

时间已近拂晓，你坐在一辆豪华轿车里。车子的主人叫伯尼，同车的还有他的两个助理，一个叫玛丽亚，一个叫克莉丝多。克莉丝多坐在后座，一根臂弯搂住你，另一根臂弯搂住阿拉格什。伯尼和玛丽亚坐在车侧的折叠椅，面对着你们三个。伯尼的手在玛丽亚的大腿上摸过来摸过去。你不知道泰德是今晚以前就认识这三个人，还是说完全只是初相识。泰德看来是认为伯尼知道有什么地方正在举行派对。玛丽亚含糊地说她想去新"折"西。伯尼把一只手放在你膝盖上。

"这里就是我的办公室，"他说，"你知道这表示什么吗？"

你不确定你想知道伯尼是干哪一行的买卖。

"你有一个这样的办公室吗？"

你摇摇头。

"你当然没有。你有常春藤联盟罩你。但我却可以买下你和你的老头子，还有他的乡村俱乐部。我都是雇用你这一类小伙子帮我端咖啡。"

你点点头，很想知道他这星期准不准备雇人端咖啡，雇的话又是出多少钱。

"你想知道我的其余经营设施在哪里，对不对？"

"不怎么想。"你说。

泰德消失到了克莉丝多的裙子里面去。

"你想知道的，不是吗？"伯尼说，"我这就来告诉你。在下东区，位于 D 大道和阴阳魔界之间，离当年毁掉我阿爷和阿奶[①]健康的那些汗血工厂不太远。它们现在是死西班牙佬和瘾君子的天下。我会带你去看。我甚至会让你看看我们是怎样运送产品的。你想知道吗？"

"不想。"

"聪明。你是个聪明的小伙子。我不会怪你不想知道。你晓得知道太多的人都是什么下场吗？"

"什么下场？"

"会变成狗食。'普瑞纳'狗罐头。"

泰德抬起头。"那是我公司的客户。"

你问自己："我是怎么会来到这地方的？"你被弗瑞德咬到的伤口微微发疼。你担心狂犬病。你担心阿历克斯是不是无恙。

"在过去，"伯尼说，"与我们竞争的只有南美洲的西班牙佬和新泽西的拉丁佬。所有这些拉美人都带着长刀子而且脾气暴躁。不过，这一行的市场很大，对任何有企业精神的人都会有很大的挥洒空间。但目前我们正见证着一种不同的钱流入这地区。我说的是那种穿着三件套西装和在瑞士拥有秘密账户的银行家。这是发生在这一行的新变化。但这些我处理得来。他们想要的只是投资得到好回报。这简单。我真正害怕的是我的犹太人同胞：哈西德派犹太人。他们正大举涌入这一行，把个体户排挤出去。

[①] "阿爷"（Bubbie）和"阿奶"（Zadie）是犹太人称呼爷爷奶奶的方式。

他们不笨，知道这一行比买卖钻石还要获利丰厚。他们只要看到任何赚大钱的机会都不会放过。他们拥有流动性资本、世界性组织、秘密关系和互相信赖。所以他们怎么可能会输？我告诉你，这国家大部分吸古柯的，说起话来都已经带有意第绪语①口音。"

"你是说那些戴黑帽子和蓄滑稽络腮胡的家伙？"泰德说。

"相信我，"伯尼说，"他们留络腮胡不是因为负担不起刮胡子的钱。你今年怎样看洋基队？"

"夺标有望。"泰德说。

你在车子等下一个红灯时拿晕车当借口，溜之大吉。你走过半条街之后，伯尼在后面大喊："喂，听着。别忘了。狗食。"

---

① 一种犹太人之间通行的语言，混合了德语、斯拉夫语和希伯来语。

啊，时装表演！

你对服装的兴趣充其量不超出"布鲁克兄弟"和"普莱诗"的范围，而目前这两种男性服装品牌对你来说都有点贵。可是，在这一天早上，你却准备走入华尔道夫大饭店的宴会厅，参加一个时装设计师举办的秋装秀。你从你在《时尚》工作的朋友那里弄到一份邀请函。他会帮这个忙是因为欠你人情：他曾经借你那辆"奥斯汀希雷"开往威彻斯特打猎，途中遇上一头有十个角叉的公鹿。一个人打了二十年猎之后，才头一遭遇到一头十角叉公鹿，会是什么心情可想而知。他不顾一切，拼命追赶。结果车子报销了，被送到欢乐谷外头的一个废车场回收。你不知道那头公鹿下场如何，也不知道那笔车险理赔金花到哪里去，只知道你两个星期便把钱花光了。

在宴会厅的入口处，一个高个的银发女人细细查看你的邀请函。门两边各站着一个黑色的大汉，头裹包头巾，双手抱胸。他们扮演的大概是努比亚奴隶之类的角色。只有意大利的时装设计师才会不来这一套。那银发女人看来自成一个族裔。她没有眉毛也没有眼睫毛，发线奇高，几乎接近头顶。她是出过什么意外吗？还是只是在耍新潮？她盯住你手上的自制绷带看（这绷带灰底有斑点，完全符合本季的当令时装花式）。

"您的大名是……"

"阿拉格什。"你说，摆出一个威武的姿势。那是你第一个想到的姓氏。你不准备用真名。

"在《时尚》杂志工作？"她说。

"上星期才上班。"

她点点头，把邀请函还给你。她眯起眼睛，皱了皱鼻子，就像是说，假如你撒谎，她就会把你扔给那两个努比亚巨人狠狠修理。

你望向吧台的所在，看到它似乎已经开工。那些熟门熟路的百货公司老鸟在吧台一带交头接耳，人手一个玻璃杯。他们的样子就像是以为自己身在佛罗里达州。你想到，你一开始就往酒吧跑可能是个错误。但用任何合理的行为标准衡量，你带着闹局的模糊动机冒充别人姓名来到这里，本身就是个错误。

你不断说借过，终于去到吧台，点了杯伏特加。当酒保问你要怎么个喝法时，你说："要加冰块的。"然后又补充一句，"要两杯，一杯给我女朋友。"

端着两杯酒，你离开吧台，到人群之中站定，皱起眉头东张西望，装成像是在找一个非常要好的朋友。你不想要太显眼，因为难保（虽然机会微乎其微）阿曼达某个朋友不会认出你，然后在你能够有所行动以前知会两个努比亚巨人把你撵走。你现在知道了一个带着公事包炸弹走入人群的恐怖分子会是什么感觉：相信每个人都可以看穿你的心思，知道你准备要干什么勾当。你的膝盖微微颤抖。你喝掉一杯伏特加。显然，你不会是个称职的恐怖分子。不过，随着第一滴酒精发挥作用，你忽然记起方才看到吧台旁边地上放着一个公事包，然后心生一计。

你走回吧台。公事包还在地上。它的主人是个渐秃男，有着每天晒日光浴的肤色。他背对着公事包，正在跟两个东方女孩聊天。你两根手臂搭在吧台上，装出一副百无聊赖的样子。

"需要什么吗？"酒保问你。听到你回答说"没有"，他的样子似乎起了一丝疑心，然后才转过身。

"我不知道要怎样开那艘玩意儿，"渐秃男说，"所以便付钱请一些希腊人帮我开。"两个女孩给他出主意，三个人的头凑在一起，然后笑起来。他们显然是在为什么事情投票。当你偷偷提着渐秃男的公事包溜走时，他正在谈论一些岛屿。你连一滴冷汗都没流。

你在靠近伸展台处找了个座位。你挑的是中间排的中间座位，以便发难时别人不容易一下子便靠近你。你把公事包藏在椅子下面，又用你的西装盖住。你的计划开始成形了。

这时，靠近入口处的群众像水那样向两边分开。镁光灯闪个不停。最后你看到了那个引起骚动的原因：一张会让人联想到某种化妆品和可口可乐广告词的脸。这张脸的主人是那种名不副实的女明星／女名模。她穿着一条褪色牛仔裤、一件汗衫，戴着一顶帆船帽，就像是说："就算我双手被绑在背后，一样可以漂亮到不行。"但你得知一件事实（消息来源是与她共事过的阿曼达）：她是一个追求完美鼻子的女烈士。她的鼻子做过不下七次整型手术，但至今仍让她觉得不满意，所以拒拍侧脸照。你知道，想要折腾鼻软骨，其实有更好的方法①。从现在相隔的距离，你觉得她的鼻子平平无奇，而她脸蛋的其余部分更是平庸得要命。你判断她只有一百六十七公分，身高不足以胜任伸展台上的工作。就一个走秀的人来说，她的胸也嫌太大。

反观阿曼达则有着完美的三围：臀围三十四、腰围二十三、胸围三十三。你还知道她的鞋子、手套和戒指是什么尺码。你知道所有有关她的数字，巨细靡遗得足以让克拉拉为你感到骄傲。连同拥有一副"新古典风格"的颧骨（这是一个摄影师的形容），阿曼达获得的身价是时薪一百五十美元。

观众纷纷入座。一个穿粉红晚礼服的女人从后台走到伸展台，毫无疑问就是时装表演的司仪。她点头、微笑，不断用嘴型打招呼，一直走到伸展台边缘的小台架。你双手开始抖动，决定要以酒壮胆。你从人潮中挤出一条路，直奔吧台。人们转头望你，而你唯恐他们会看穿你每一个心思。你于是拿出一个事实来安抚自己：你三年来也几乎每天都看见阿曼达，却从不知道她脑子里有什么鬼心思。她表现的全是正常行为，发出的也全是正常声音。她也说过她爱你。

灯光暗了下来，穿粉红晚礼服的女人开始解释今天何以会有这个盛会。她谈到了什么品位革命之类的。她又利用时装设计师与一位文艺复兴大画家同名的事实，指出这设计师为时装界带来

———————————————

① 指吸古柯碱。

的冲击，将不亚于那位大画家对绘画界带来的冲击。这时候，酒保告诉你，吧台已经打烊了，要等到时装表演结束才会重开——不过，他愿意为你和你的十美元钞票破例。他和你差不多年纪。你想告诉他有关阿曼达的事，但你只说："这里珠光宝气，但你却看不到有太多警卫。"

他看了你一下才说："他们无处不在。"声音显得很有自信。你觉得自己做了件蠢事。你本以为你说的话可以巧妙掩饰你关心保安问题的真正动机，但现在他反而把你看成一个珠宝窃贼，而在他眼中，一个珠宝窃贼也许比一个遭到床笫遗弃的老公还要不堪。要是你的手能不抖就好了。他上上下下打量你，而他显然不喜欢他看到的事物。他看来随时都可能会呼叫便衣警卫或是那两个努比亚巨人。他们将会鞭打你的脚底，直至你招认一切为止。阿曼达也将会看着你被轰出会场，心想你来这里只是自取其辱。

"我问这个，是因为我女朋友有一点点担心她的项链。"你告诉酒保，"既然我来了这里，也许我应该再给她拿一杯酒。"

他在另一个杯子里施舍了少许的酒。"这次不用加冰。"你说。他脸色铁青。"如果她丈夫在她回到家时看见她项链不见了，绝对会大大不悦。"说到这里，你对酒保使了个眼色，"他以为她外出是去打桥牌。"为什么你会说这些有的没的？

你往座位走去的时候偷偷回望。那酒保正向某人打手势。你打一双双膝盖之间溜过，不断道歉和洒出一些酒。粉红色女士正谈到什么"勇敢新外观"①。第一个模特儿在你坐下时出场。她

---

① 这个构词是仿"美丽新世界"。

就像祖鲁人一样又黑又高。粉红色女士介绍了模特儿的一身装扮，强调衣服上的褶饰边对"新优雅"来说是如何不可或缺。

阿曼达是第三个出场的模特儿。至少你认为她是阿曼达。因为她脸上施了许多脂粉和做了一个向后梳的发型，你不敢百分百肯定。她走的是模特儿的固定台步，但你认为你还是看出了一些阿曼达特有的摆腰动作和走路节奏。她在伸展台转了一圈，便回到后台去。你不够时间判断。你无法确定那模特儿确实是阿曼达。你记得你的朋友常说，他们在《时代》杂志或什么地方看到她的照片，但他们看到的其实是别人。有时他们会拿剪报给你看，而你看了之后会忍俊不禁：照片中的人无一处像阿曼达。不过自从她离家出走之后，你发现自己一样有搞不清楚她长什么样子的问题。你把她拍过的时装照拿出来看，想要拼凑出符合你记忆的五官，可她在每张照片里都显得微微不同。她的女经纪人说过，她扮什么都像什么（不管是妖妇、商界女强人或邻家女孩）。一个每次办时装秀必用阿曼达的设计师说，她五官的可塑性几乎直逼塑胶。你开始怀疑，你对阿曼达所有的坚定认识，并不比她在强光灯下摆出来的样子更坚固。你一直看到的只是她秀给你看的部分；你看到的是你想要看到的东西。

你十指紧紧抓住椅子边缘，等着她下一次出场。你已经多多少少制定了一个计划。如果他们想制止你，你就会说你的公事包里装满炸药，谁敢靠近你就会引爆炸弹，把整个地方夷为平地。那个祖鲁女人穿着新服装再次出场。然后是下一个模特儿。再下一个应该轮到阿曼达——结果却不然。你慌了起来。她一定是已经看到你。这么说，她不会再出场了。但下一个出场的却是阿曼达，或说是你认为她是阿曼达的那个女人。她往伸展台走过来时，你站了起来。粉红色女士正在大力推销她身上的褶皱。你想要大声呐喊阿曼达的名字，却发现自己忽然失声。人人开始看着你。一丝丝声音从你喉咙裂出。你最终听到了自己的声音："阿——曼——达！"

她继续走秀，走到伸展台尽头，以脚尖旋转的方式让她的洋装裙子更加耀目。接着，她走向 T 形伸展台的一翼，然后再走到另一翼。就在几乎直接站在你面前的时候，她转身望着你。这一望要不是充满恨意，就是不把你当一回事。你想要求她给你一个解释，但她已经转身往回走，就像什么都没发生过。不管她是谁，她都是专业模特儿；不管她是谁，你都从来不认识她。

粉红色女士恳请你坐下。人人都从椅子上转过身望向你。他们在心里嘀咕：坐下！你想干吗？一个坐你前排的摄影师转过身，给你拍了张照，以备你闹出什么见报新闻时可以派上用场。你想象《纽约邮报》会出现这样的标题：遭床笫遗弃的老公疯而走险。两个穿西装的壮汉从走道匆匆过来。他们耳朵处垂着的电线大概是用来连接单耳耳机和小型收发器。不过，你也不能排除他们有可能是机器人。事实上，你又怎能肯定坐你旁边那个一脸惊恐的女人真的是感受到你所谓的"惊恐"？如果你一脚踩在她脚上，她应该是会大叫一声，但你又怎么知道她真是感受到了疼痛？你甚至有可能娶过一个机器人当老婆。

两个男机器人分别从你坐的那排座位的两边挤过来逮你。你为这个聪明、有效率的策略鼓掌。这时音乐声被调高，大概是要盖过你的鼓掌声。当其中一个耳朵垂着电线的男人抓住你手臂时，你并没有反抗。"我们走吧。"他说。你跟随他走过一个个观众，途中向每个被你碰到膝盖的人道歉。当他们一把你带到中间的走道之后，其中一人就毫不留情地紧攥住你的手臂。

两个男机器人把你押往大厅。途中你们一度被一团日本游客淹没（这团游客的导游挥着一面粉红色旗子并别着一个象形文字的领章）。你的两个押送者对着袖子上的麦克风说话："闹事者已被逮，正送往大厅途中。"在把你推出饭店大门之前，一个男机器人探身对你说："别再让我们看见你。"

外头是个蓝色艳阳天——对你而言太艳了。幸而这一次，你难得没有忘记带太阳眼镜。午餐时间的人潮在帕克大道沸沸扬扬。你本以为人人都会一脸惊恐地盯着你看，但那些人根本懒得看你。在街尾处，有个戴洋基棒球帽的胖子推着手推车，在卖椒盐卷饼。一个穿皮草大衣的女人举起右手，希望可以拦到一辆计程车。就像多年来第一次踏进游泳池那样，你小心翼翼地让自己被卷入路人的潮水中。

"世界会变，人也会变。"这是阿曼达的说辞，想用这话轻轻带过一切。你希望她给你一个解释，一个可以建立责任归属、让正义得以伸张的解释。你考虑过使用暴力，也考虑过息事宁人。但你最后剩下的只是一个不祥之兆：你过去的人生将会褪色，就像是因为把一本书读得太快，以致读罢后只记得一些零星的意象和情绪，到最后甚至只记得书中的一个名字。

宽面条与同情心

天黑后，你回到先前的犯罪现场，收拾各种零零星星的东西。由于新一期的杂志已经在今天早上送印刷，所以你预计不会有人留在办公室。走进大楼时，你有一种奇怪的感觉，觉得自己是个潜入神殿的背教者。你从华尔道夫大饭店得到的宿醉对你并无多大帮助。

当你在二十九楼走出电梯时，你第一个碰到的人是"幽灵"。电梯门在你背后关上。

他站在接待区中央，像只倾听蚯蚓声音的知更鸟那样头侧到一边，说了声"哈喽"。

你有一种掉头快跑的冲动。光是出现在这里就让你觉得羞愧，又特别是经过昨晚的事情之后。你等得愈久，便感到愈难开口说话。当前的情形就像他是聋子而你是哑巴。

"晚安。"你用一种古怪、飘忽的声音说道。

他点点头。"我很遗憾听说你离开了我们。如果你需要一封介绍信的话……"

"谢谢。真的非常谢谢。"

"再见。"他说罢转过身,向着校对部飘然远去。这个奇怪的相遇,比任何事情都更让你强烈感受到离愁别绪。

你先在走廊转角的镜子察看动静。克拉拉办公室的门是关上的,通向"教主"密室的门也是一样。但事实查证部却有灯光。你小心翼翼地前进。

梅根还在办公。你走进去时,她抬起头,看见是你,便又低头继续阅读。

"记得我吗?"

"我记得一个午餐之约。"她的视线还是停留在桌面。

"啊,糟糕。我很抱歉。"

她抬起头。"抱歉是你的惯用语。"

"今天中午我有非做不可的事。"

"是件年轻甜蜜的事?"

"是件老得发酸的事。"

"你知道,我也是有情绪的。"

"我真该死。我很抱歉。"

"我看得出来你最近很多心事。"梅根说。

"我们改成吃晚餐怎么样?"

"再跟你约一次说不定会要了我的命。"她说,这时脸上现出了微笑。

"等我收拾好东西就走,不会超过一分钟。"

不过,一拉开书桌的几个抽屉之后,你就晓得真要收拾的话，会需要一整个晚上。里面有数不清的浮渣废料：档案夹、笔记本、私人和公家的通信、校样和打样、纸板火柴、写着姓名与电话的小纸条、短篇小说的初稿、素描和诗歌。其中一份东西是《曼哈顿之鸟》的初稿；另一份是《美国政府一九八一年农业统计数字摘要》，它是你在查证一篇谈家庭农业之死的文章时的必要根据。你在这份东西背后写了一个名字"萝拉·鲍曼"和一个电话号码。谁是萝拉·鲍曼？你大可以照着那个电话号码打给她，问问她什么时候跟你的生命有过交会。你还可以告诉她，你得了健忘症，正在寻找解药。

在最上面一格抽屉，你找到两个长方形空盒子。事实上，它们其中一个不算全空：黑色垫底纸上蒙着一层细细的粉末。你用信用卡把粉末刮到桌面，再用信用卡边缘把粉末聚拢成两道细长条。你望向梅根。她还在阅读。你大可以悄悄地把那两线粉末吸掉，她应该不会察觉到异样。你从皮夹取出一张钞票，用拇指和食指把它卷成细细的圆柱体形状。如果你们一人吸一线，双方都会觉得吸不过瘾。另一方面，即便你一个人独吸两线，一样会意犹未尽，会想要再吸第三线、第四线，进而引发出一个永不能满足的连锁反应。这就叫自知之明吗？不管怎样，你想要把好东西带给梅根。她可能从未碰过这种东西，光吸两线就会大呼过瘾。

"梅根，过来一下。"现在你决定割爱。

你把卷起的钞票递给她。她扬起两道眉毛。

"这东西可以让您忘记自己没吃午餐。"

"这是什么？"

"让玻利维亚大名鼎鼎的粉末。"

她小心地把钞票卷凑到鼻孔，再弯下身体。

然后她把钞票还给你。"另一线也吸掉吧。"你说。

"你确定？"

"确定。"你只希望她动作快一点，把事情做个了结。

梅根像兔子那样皱了皱鼻子，吸了吸鼻涕。"谢啦。"

你把抽屉里的所有东西都倒到桌面上，纳闷着要怎样处理。它们有一些也许是重要的，但大部分都是垃圾。你要怎样判别？

"杂志社今天早上出了些乱子。"梅根说，在你书桌的边缘坐下。你直想从椅子跳起来，用夹克蒙住头，往走廊拔腿便跑。你根本不想回应。一整天下来，你都刻意压抑你曾经突袭克拉拉办公室的记忆。你想向梅根解释，那只是一个玩笑，当时你醉了，而出主意的人是泰德；做那事情的人其实不是你，而是你身上的一个小丑，你一直拿他没办法；你平常不会做那样的事。你完全不是那样的人。不过，如果阿历克斯受伤严重，梅根应该会更早提这事。你的眼睛始终凝视着一本《事实查证手册》。

"乱子？什么样的乱子？"

"今天早上，里腾豪斯来上班的时候，发现阿历克斯·哈迪晕倒在克拉拉的办公室地板。"

你发现自己说起话来很吃力。"真的？他有没有怎样？"

"我不认为他有多严重。他只要把血液里的酒精全部清干净就会没事了。他已经去了麦克莱恩一家叫'著名嗜酒作家戒酒中心'接受治疗。"

"他晕倒的时候有受伤吗？"

"说来奇怪。他完全没有受伤的迹象，但地板上却有血迹，墙上也有。真够怪异的。"

"他说些什么了吗？我的意思是，他说是怎么回事了吗？"

"语无伦次。他说什么自己受到小矮人袭击之类的。"

"你们没报警吧，有吗？"

"我们干吗要报警？"

"我只是好奇罢了。"你开始放下心头大石。阿历克斯身体无恙，而警察会到你家敲门的可能性也大大降低了。

"还有一件怪事。"梅根说，"收发室里不知怎么搞的冒出一只貂。"

"貂？"

"它躲在装满退稿件的邮袋里。信差今天早上拿起袋子时，它突然蹿出来，把信差咬了一口。最后没法子，只好找来动物保护协会的人。"

"真是够奇怪。"你心里想：可怜的弗瑞德。

"你这些要怎么办？"她说，指指你桌上那一大堆东西。

"我想目前的情况需要采取非常手段。"你站起身，把办公室里所有废纸篓找了过来，在书桌边排成一排。你从书桌拿起一本书，递给梅根。"您可以帮我交给阿历克斯吗？告诉他这是其中一个年轻新锐。"她接过书。你把抽屉一个一个拉出来，把里面的东西全倒进钢制的废纸篓里。

"搞定了，咱们吃饭去吧。"

在计程车里，你问梅根想上哪家馆子。

"去我家怎样？"

"您打算亲自下厨？"

"听起来你对我的厨艺存疑。"

"我只是觉得意外。"

"如果你是想在外头吃……"

"不，我觉得您的主意棒极了。"

你们在布利克街下车。梅根牵着你的手，带你走进一家熟食店。她拿起一包东西等待你首肯。"宽面条。"她说。你点点头。"我打算教你怎样采买和做一顿饭。"在下一条走道，她把两罐蛤蜊罐头介绍给你认识。她说她通常都喜欢用新鲜蛤肉和新鲜面条做饭，但她不想在第一堂烹饪课就把你吓着。

你们从熟食店走向第六街。一面走，梅根一面告诉你新鲜面条和干燥面条的差别何在。每走一步，你都更接近科妮莉亚街那户旧公寓，也就是你和阿曼达初到纽约时住的那一户。这街区原是你的街区，四周的商店原是你的商店，你就像拥有一个头衔那样拥有着它们。可现在就像有谁把地基弄歪了几度似的，让一切看来既相似又相异。

你们走过奥托万奈利肉店。一些小动物的尸体悬挂在橱窗上：去皮的兔子、无毛的乳猪、拔光羽毛的黄脚家禽。没有白鼬。阿曼达每次见到这光景都会觉得恶心，可见她当时已经有志住在上东区。那里的肉贩都会给他们的肉品套上名牌服装的纸复制品。

琼斯街与布利克街的交界处原有一间酒吧，但如今已被一家中国餐馆取代。那酒吧是女同志的大本营，她们的喧闹声在夏天晚上常常把你吵醒（夏天太热，你不得不打开窗睡觉）。就在你们快搬离这一区之前，有群思想不开通的小伙子带着棒球棒走进酒吧，为他们一个先前被撵出酒吧的同伙兴师问罪。酒吧里的女同志都带着撞球杆。战况非常激烈，两边都伤势惨重，导致酒吧被市政府某个部门勒令停业。

再往前走，是超肥吉卜赛女人卡特莲娜夫人的工作坊。她向你招手，怂恿你进去她那摆着红色天鹅绒沙发的工作室，让她算命。如果你在一年前便找她，她会说些什么来着？

"那里有本市最好的面包。"梅根指着齐托烘焙坊说。你们走进去的时候，门上响起了铃铛声。室内的香气让你回忆起，还住在科妮莉亚街的时候，你每个早上都会被出炉面包香给叫起床，而当时阿曼达还睡在你旁边。那仿佛是一辈子以前的事。你仍然记得她的睡姿，只是已不记得你们谈了些什么。

"要白面包还是全麦面包？"梅根问。

"没意见。就白的吧。"

"你不知道什么对你比较好。"

"好吧，好吧，全麦面包吧。全麦面包比较健康。"

继烘焙坊之后的下一站是蔬菜摊。为什么这城市的蔬菜全都是韩国人在卖？一箱箱饱满的农产品在绿色遮阳棚下面闪闪发亮。你怀疑，店家是根据某种东方心灵控制原则来摆放不同颜色的蔬果。他们会把红色的番茄摆在黄色的南瓜旁边，说不定是知道这种配色会让顾客忍不住要买一袋昂贵的柑橙。梅根买了新鲜的罗勒、蒜、罗曼生菜和番茄。"现在有卖番茄了。"她说，把一棵又红又大的蔬菜举到你眼前。还是说那是一个水果？

梅根住在查尔顿街和第六街交界一栋一九五〇年代的大楼。两只猫（一只暹罗猫、一只三花猫）等在门内。她介绍它们给你认识：一只叫罗森格兰兹，一只叫吉尔登斯呑，简称罗森和吉尔。梅根解释说，她的第一个角色是在"外百老汇"[①]一出摇滚乐版的"哈姆雷特"[②]中扮演丹麦王后。

"我不知道您当过演员。"

"演戏是我的初恋，但我后来演腻了配角。"

梅根的住家是个小套房，但却布置得像是有几个各司其职的不同区域。一面墙靠着一张双人床，床上是一条碎花棉被。房子中央有一张沙发，它与几张配对的椅子共同面对着最大的一扇窗户。房子另一头是几个书架围成的一个空间，里面有张卷盖式书桌。这房子的有条不紊只稍稍被随意怒放的几株盆栽植物所减低。

梅根把她的围巾放入大门旁边的储物间，两只猫在她脚踝磨蹭。"要不要来一杯葡萄酒？"

"当然好。谢谢。"

两只猫尾随她走进厨房。你浏览书架上的藏书。一个人的藏书是分析这个人个性的利器。梅根的书架是实用型的金黄色枫木书架，各类书都有一点。书本的排列既整齐又有点不整齐，显示出它们真有人读，又显示出读它们的人取书放书都很小心。藏书按大范畴分类：一格是诗集；一排大开本的艺术书籍；一长排口袋装的法文小说、法文音乐书和法文歌剧书；十几本萨缪尔·弗

---

① "外百老汇"指那些制作成本较百老汇戏剧低但风格较自由的剧场。
② 罗森格兰兹和吉尔登斯呑是莎剧"哈姆雷特"中的两个角色。

伦奇出版的剧本，再有是半架子杂志社连载过的回忆录的单行本。你抽出伍尔卡夫那本饶舌的《社交场所老手》，看见扉页上有题字："梅根惠存——她让我总是诚实不欺。"把书插回书架的时候，你瞄到有一本书的书脊上写了《更佳性生活之练习》。

梅根端着两杯葡萄酒回来。"给我一分钟换衣服，然后我会教你做一顿世界上最容易做的饭菜。"

梅根往床旁边的一个独立式衣橱走去。她打算在哪里宽衣？你们在这里的相处方式可以随便到什么程度？当她探身到衣橱里找东西的时候，你不能不注意到她有一个奇大的臀部。你和她一起工作了近两年，这还是你第一次注意到她的臀部。她今年到底几岁？她从一个衣架上取下衣服，说马上就回来，说完走进了厕所。那只暹罗猫用你的胫骨按摩自己的脸。更佳性生活之练习。

梅根穿着一件有灯笼袖的栗色丝绸衬衫从厕所出来。这种穿着的涵义并非自明。如果她有少扣一颗纽扣，你也许就可以解释为"挑逗"，但在没有少扣一颗纽扣的情况下，你只能把她的穿着形容为"随便"。

"坐吧。"梅根说，向沙发的方向比了个手势。

你俩都坐了下来。"我喜欢这里。"你说。

"地方小了点，但我负担不起更大的住处。"

你希望话题往另一个方向转。几分钟以前，你俩不过是要一起吃顿饭的同事，但现在却变成独处一室（室内还有张床）的孤男寡女。

沙发旁边的茶几放着几张照片。其中一张又大又有光泽，是年轻一点的梅根与两个男人在舞台上的合照。

"那是我最后一出戏的剧照。戏名叫《谁怕伍尔芙?》,在康涅狄格州的桥港上演。"

你拿起另一幅照片。影中人是个拿着钓竿的小男孩,钓竿上钩着一条鳟鱼。背景是一间小木屋和一片森林。

"从前的男友?"

梅根摇摇头。她伸长身体,把照片拿走,殷切地端详。"是我儿子。"她说。

"儿子!"

梅根点点头,继续看着照片。"这是两年前拍的。他今年十三了。我快一年没看到他了,不过等今年学校一放暑假,他便会过来住住。"

你不想显得自己爱打探,而且目前这个话题隐含着危险性。你以前没听说过她有个儿子。突然之间,梅根变得不像你想象的那么一目了然。

她把手伸过你胸口,把照片放回茶几。你的脸颊可以感受到她的呼吸气息。

"他与父亲住在密歇根州北部。那是一个男孩成长的好地方,有许多适合男生的活动,包括打猎和钓鱼。他爸爸是个伐木工。我认识他的时候,他是个失意剧作家,写的剧本都乏人问津。我们一文不名,而其他人看起来都很富有。我不是个伟大的太太。杰克——我前夫——不想让小孩在城市长大,而我不想离开城市。我当然也不想让儿子离开。但没办法,我一度因为吃了太多的'利眠宁',而被送进贝尔维尤的医院,所以显然没有立场去争夺儿子的监护权。"

　　你不知道该说什么。你局促不安，想要知道更多。梅根啜着葡萄酒，望着窗外。你知道这事情一定让她很痛苦。

　　"您丈夫没留下来陪您？"

　　"他没有多少选择余地。我当时得了躁郁症，整个人像疯子似的。直到几年前医生才终于检查出来，我会得病纯粹是因为身体缺乏了某种化学物质，称为碳酸锂之类的。现在我每天会服食四片药片，已经没事了。但要再次成为一个全职妈妈却太迟了。狄伦现在有了一个很棒的继母，而我每个夏天都可以见到他。"

　　"真惨。"你说。

　　"其实没那么惨。我已经看开了。狄伦过得很好，这才是最重要的。要吃晚餐了吗？"

　　你倒是宁愿多知道一些故事里的细节，例如她住在贝尔维尤的时候是怎样尖叫和呻吟。但她已经站了起来，向你伸出一只手。

　　在厨房里，她给了你一把削皮刀和三瓣蒜头。你发现蒜皮很难剥。她教你，剥皮前先用刀背敲蒜头几下，会容易许多。然后她注意到你手上裹着绷带。"你的手怎么回事？"

　　"被门夹到罢了，没什么大不了的。"

　　梅根走到你背后，在水槽里洗莴苣。当你退后一步，想要找个削皮的更佳角度时，你俩的屁股碰在了一起。她笑了笑。

　　接着她在火炉前面忙来忙去。她从一个打开的小柜子里拿下一瓶东西。"橄榄油。"她说，在煎锅里倒入一些，再打开瓦斯。你给自己斟了另一杯葡萄酒。"蒜头好了吗？"她问。你已成功给两瓣蒜头去皮。它们看起来赤裸裸。"我们看来不怎么有效率。"她说，从你手上拿过刀子，自己去给第三瓣蒜头去皮，再把三瓣蒜头全剁碎。"现在我们让蒜头在煎锅里爆香。这段时间我要负责切罗勒，你要负责把蛤蜊罐头打开。懂得用开罐器吗？"

你大部分时间都是光站着，看着梅根在厨房忙东忙西。她偶尔会把你推开，免得你挡路。你喜欢她的手放在你肩膀的感觉。

"跟我谈谈阿曼达。"梅根一面吃沙拉一面说。你们坐在一个用餐凹间里共进烛光晚餐。"我有一种直觉，你们之间发生了什么不好的事。"

"阿曼达是一个小说角色，"你说，"是我虚构出来的。我是直到最近才意识到这一点。因为有另一个也叫阿曼达的女人从巴黎打了长途电话给我。您介意我再开一瓶葡萄酒吗？"

你终于对梅根和盘托出。她说阿曼达必然是处于极大的迷惘。你觉得这值得你再喝一杯。

"你这段时间过得很糟，对不对？"她问。你耸耸肩。你望着她胸部，想要断定她是否戴了胸罩。

"我一直为你担心。"梅根说。

你们从餐桌移师到沙发。梅根说每个人都会把自己的需要投射给别人，但这些需要又不总是别人所能满足的。你得到一个结论：没有胸罩。

你假装要上厕所。你打开灯，把门带上。浴室里东西很多，让人有一种拥挤但温馨的感觉。马桶水箱上放着干燥花，座板上铺着白色羊皮。你拉开浴帘。淋浴间墙上有一块搁板，上面放着

些瓶瓶罐罐。维塔巴斯沐浴乳。你喜欢这种产品品牌的读音。潘
婷洗发乳，潘婷润发霜。照理说这不会让你联想到女用内裤这
个词，但你却偏偏这样联想[1]。露比丽登乳液。你拿起一个丝瓜
刷往脸上摩擦，再放回原处。肥皂盒里放着一片丢弃式的刮毛
刀片。

你打开洗手台上的药箱，里面放着化妆品和杂七杂八寻常的
家用药物。其中一瓶是写着无色、无臭、无味的"金诺尔二号避
孕膏"。这是好消息。在最上一格放着几瓶处方药物。你拿下一
瓶："梅根·埃弗里；碳酸锂；一日四片。"另一瓶是四环素。就
你所知，你并没有受到细菌感染，所以把它放回原处。你在第三
次打击时终于得分了："'烦宁'：消除紧张之用，须按医生指示
使用。"你用得着它。你对着灯举起玻璃瓶：几乎是全满的。经
过短暂努力，你把有防小孩装置的瓶盖扭开，把一片蓝色药片抖
到手掌，再把它送进嘴巴。然后你记起，上一次你吞下一片"烦
宁"之后的感觉是全无效果。于是你又多吃一片。把瓶子放回药
箱之后，你撒了泡尿。

你回到外面时，梅根正在厨房里处理盘子。"我马上就好。"
她说。你坐在沙发上，给自己又倒了一杯葡萄酒。这种酒的酒香
隐约有点移民工的汗味。

"你上厕所时，我想到不如利用这个时间把盘子洗了。"

"很好！"你说，"还要再喝一杯吗？"

她摇摇头。"我已经不太能喝了。"

---

[1] "潘婷"（Pantene）与"女用内裤"（panties）发音略近。

"这样也很好！"你感到自己宽宏大量。

"你还写东西吗？"梅根问。

你耸耸肩。"我一直试着把一些想法写出来。"

"加油，"她说，"我希望有一天会看到你回到杂志社，向小说部领一张支票。我希望看到你昂首阔步走过克拉拉的办公室，走进事实查证部。我会准备一瓶香槟等着你。"

你不知道梅根为什么会相信你有写作能力，因为连你都不相信自己。但你感激莫名。你设法想象你凯旋杂志社的画面，却发现你的心思尽是放在欣赏梅根那双并贴在沙发上的光脚丫。

"你有什么打算？已经有可能的工作机会了吗？"

"有一些线索。"你说。

"我可以介绍你去见几个人，"她说，"你需要准备的只是一份好履历，把自己形容得同时胜任报界和出版界。我认识哈珀出版社一位主编，他一定会乐于跟你谈谈。我已经找克拉拉谈过，她说为了杂志社着想，她希望好聚好散，所以愿意给你写一封推荐函。"

梅根的高效率令你激赏，但被炒鱿鱼这件事害你有点心灰意冷，所以打算先把谋职的事搁一边。就目前而言，你只想再多喝一点点葡萄酒，让自己在沙发皮面里多深陷一点点。你想向梅根表示你有多么感激她。于是你伸出手，把她的手握住。"谢谢您。"

"如果你需要钱暂时周转，也不要不好意思开口。"

"您人太好啦。"

"我只是想帮助你重新站起来。"

　　还不是站起来的时候，你想。你宁愿躺下来，把头埋在梅根大腿里一两星期。床离沙发只有几英尺之遥。你向前探身，把另一只手搭在梅根肩上。你按摩这肩膀时，丝布料在她皮肤上滑来滑去。没有胸罩吊带。你望入她的眼睛。她是个罕有的女人。她微笑着，也伸出手轻抚你的头发。

　　"船到桥头自然直。"她说。

　　你点点头。

　　她的脸显示她正在转换思绪，然后她问："你爸爸好吗？"

　　"还不错，"你说，"他好极了。"你把她拉向你。你的手滑到她后脑勺，闭起眼睛要用你的嘴唇找到她的嘴唇。你把她的头压向沙发椅背，又用舌头舔她牙齿。你想要找到她的舌头。你想要消失在她嘴巴里面。她把头撇开，想要摆脱你的拥抱。你把一只手伸到她衬衫下面。她轻轻抓住你的手，止住它的蠢蠢欲动。

　　"不要这样，"她说，"这不是你想要的。"她的声音静谧，具有安抚作用。她没有生气，但态度坚定。当你的手设法要推进时，她再次把它给止住了。

　　"别那样。"她说。当你设法再次吻她时，她把你推开，但仍然留在沙发上。你觉得你是正在追求稳定水平面的水，而梅根是大海。你把头枕在她大腿上。她轻抚你的头发。"冷静下来，"她说，"冷静下来。"

　　"感觉好一点了吗？"梅根在你把头从她大腿抬起时问你。

　　房子里的水平面继续在晃动，各个表面都以海洋的韵律在膨胀和收缩。你并没有好一点，你有哪里不对劲。

"我想我也许需要站起来，去个……唔……去个洗手间。"你听到自己这样说。测试：一、二、三。

梅根扶你站起，扶着你的手肘把你带到厕所门。"有需要随时叫我，我就在门外头等你。"

厕所里的黑白相间瓷砖不停转动。你站在马桶前面琢磨自己的状况。你是想要吐吗？不尽然。至少目前还没有想吐。不过既然已经站在这里，你不妨小个便。你拉开裤链，对准。你面前有张海报，上面印着些文字。你探身向前去读那些文字，但又因为感觉重心不稳而急往后仰。

你仰过了头，向后倒去。你想要抓住浴帘止住跌势，但抓了个空。

"你还好吗？"站在门另一边的梅根问说。

"没事。"你说。但你已经大半个人掉在了浴缸里，只有两条腿突出在浴缸外头，离身体老远。你并不觉得有什么特别不舒服，就只是背部有一点湿湿的感觉。你打算研究一下这是怎么回事，想要查出湿的来源，你打算在一分钟后进行研究。

厕所门在这时候打开。救你的人来了。

有时是一个模糊的概念

　　你睡醒时发现胸膛上趴着一只猫。你躺在沙发上，盖着棉被。你在几分钟后认出这里是梅根的公寓。她的床空空如也。时钟显示十一点十三分。从外面的日光判断，现在应该是上午。你最后记得的一件事是凌晨时分在什么地方向梅根求欢，但应该是没有成功。你隐隐感觉自己一定是闹了个大笑话。

　　你坐起来，对自己身上的奇怪睡衣裤惊讶不已。你站起来，看见厨房桌上留了张字条：冰箱里有蛋、英国松饼和柳橙汁。你的衣服挂在浴室里。稍后给我打个电话。关心你的梅根。

　　看来她至少没有恨你，这大概是因为你没有让自己丑态毕露。还是不要去想这件事为好。你在浴室里找到衣服，它们硬挺和干净得就像是刚送洗过。那只三花猫跳到洗手台上，在你换衣服时不停地在你的髋部磨蹭。

　　你应该留一张字条给梅根的。你找来一本厚厚的写字纸。

　　亲爱的梅根，感谢您提供的膳宿。晚餐很美味。接下来该怎么写呢？应该承认你完全失去记忆吗？我猜我昨晚太早睡着了。问题是，那之前你干了些什么？所以，你需要的是一个万用的道歉，以此掩饰你做过的每件可能的丑事。请原谅我表现出的行为有欠绅士举止。让我们不久之后再聚一聚，如共进午餐之类的。

你把这张字条撕掉，在另一张新纸上写道：亲爱的梅根，我很抱歉。我知道我说过太多次抱歉了，但这一次是由衷的。谢谢您。

你才一回到公寓，电话便响起。你战战兢兢拿起话筒。打来的人是理查德·福斯，也就是"教主"助理提醒过你们要敬而远之的那个记者。他说他侧闻你最近丢了工作，又说很喜欢你不久前为《村声》写的一篇书评。没有人会读《村声》刊登的书评，但你仍然欣赏福斯的助理做事仔细。他提到哈珀出版公司最近有一个空缺，说不定会适合你，而他可以为你美言。他真是个大好人。你记得上一次参加他的新书发表会时，他可没有这么亲切。

"我几个星期前碰到过克拉拉·蒂林哈斯特，"他说，"没有任何乐于一起喝酒的男人会受得了她。我的消息来源告诉我，她从一开始就不爽你。"

"短暂的蜜月，漫长的离婚。"

"你会不会觉得，'装了轮子的悍妇'①是对她的精确形容？"

"我想她是有履带的，就像一辆谢尔曼坦克。但这种事难以求证。"

---

① 这个俚语是指对下属颐指气使的女强人。

"我猜你知道我正在写一篇有关你老东家的报道。"

"真的？"

"我希望你能够提供我一些背景资料，趣闻轶事之类的。"

"你想要龌龊内幕？"

"任何你能够提供的材料。"

一只小蟑螂爬上了电话旁边的墙上。你是应该碾扁它还是放它一马？

"我只是一只小工蜂。我不认为我能提供什么会引起全国性兴趣的东西。"

"在后台工作的人员总是对全景看得最清楚。"

"那是个相当枯燥乏味的地方。"你说，已然觉得那里的一切与你无关，对那地方的办公室政治与八卦的兴趣不高于其他地方。

"为什么还要对他们忠心耿耿呢？他们可是把你扫地出门。"

"我只是觉得这个话题让我厌烦。"

"我们一起吃午餐吧，这样可以激荡出灵感。一点半约在俄国茶馆好吗？"

你说你没什么好提供给他的。你知道的一切都是一鳞半爪。你告诉他你是个不可靠的消息来源。他指出大众有知情的权利。他煽动你的报复心理。他留下电话号码，说你若是改变主意便打给他。你没把号码抄下来。

你外出吃饭和买份《纽约邮报》。快两点了。你不是第一次纳闷，何以整个纽约市的咖啡厅都像是由希腊人在经营。外卖咖啡的纸杯上印有一些半裸的古典希腊人物。

哦，希腊的形体……上面缀有纸的男人和女人……①

你在餐台上摊开报纸，读到昏迷宝宝在一次紧急剖腹产中诞生人世，早产了六星期。而昏迷妈妈过世了。

从第七大道转入西十二街的时候，你看到有个人坐在你公寓大楼的前台阶。他看来跟你弟弟麦克像得要命。你倒抽一口凉气，放慢了脚步。然后你停住。真的是麦克。他来这里干吗？他应该待在贝克斯的家里。他不属于这里。

他看见了你，站起身，迎着你走来。你转过身，拔腿便跑。地铁站入口在半条街之外。你每次跨下两级阶梯，闪避开一具具拾级而上的行尸。一列开往上城区的列车停在月台边，门打开着。售票柜台前面排着长龙。你从十字转栅上头一跃而过。售票柜台的扬声器发出一个金属声音："喂，你干吗！"你在车门要关上之际冲进了车厢，人人都瞪着你看。不过，当列车开出后，大家便各看各的《纽约邮报》，各想各的忧愁心事。

你从脏兮兮的车窗望向往后退的月台，看见麦克站在十字转栅外头。你马上从窗子往后缩。你不想看到他，这不是因为他是个坏人。你为一切感到内疚。哪怕是这时候，一个带着对讲机的地铁警察说不定正一个一个车厢搜索，打算要逮捕你。

你坐下来，任由地铁的摇晃声充斥你的脑袋。没多久，噪音便不再是噪音，而摇晃也不再像是摇晃。它们足以让你睡着。

你张开眼睛，望向车厢墙上的广告。为一份刺激的新事业受

① 这是模仿英国诗人济慈《希腊古瓮颂》的诗句，原句作"哦，希腊的形体……上面缀有石雕的男人和女人……"

训吧。即时当个"温戈"游戏①的赢家吧。可以让头发变柔软和可爱的头发蓬松剂。当个女模吧，或至少让自己看上去像女模。

你在第五十街的车站下了车。拾级而上去到地面后，你往东而行，途中在一栋栋高楼大厦的冷凉阴影和间歇出现的太阳直照区之间反复洗桑拿。在第五大道，你望向"萨克斯"精品百货的一长排玻璃橱窗。你穿过马路，去到第三面橱窗（这个"第三"是从上城区方向算起）。

阿曼达的人体模型不见了。你再数了一次，确定这是第三面橱窗没错。取而代之的人体模型有一头亚克力纤维的浅黑色头发和一个朝天鼻。你在人行道上走过来走过去，检视每一个人体模型。有片刻时间，你以为你在第五十街一边的橱窗找到了阿曼达的人体模型，但再仔细一看，却发现它的脸太方正，鼻子也不对。

你来这里是抱着一个念头：想要向自己证明，那人体模型已经对你无可奈何。但它的消失不见反倒让你忐忑起来。这事意味着什么？你最后断定，它会消失是因为你已经走出来。你把这件事视为一个好兆头。

你在麦迪逊大道走过一个建筑工地，它被方圆几英亩的胶合板围起，围篱上贴着不同的摇滚乐明星和玛丽·奥布莉安·麦肯的脸。在三十层楼高的上方，一部起重机正把一根钢梁吊上一栋新大楼的骨架。从人行道看上去，那起重机就像玩具，但你几个月前在报上读到，有一个路人因为起重机的吊索断裂，被落下的钢梁砸死。《纽约邮报》的标题是：天上掉下来的死亡。

---

① Wingo，一种室内飞靶射击游戏。

你走过汉斯里皇宫饭店，它的旧纽约外壳透明地遮住了某个房地产大亨在后头所竖起的一栋丑陋高楼。一支摄影队霸占了饭店入口外头的人行道，一个拿着夹纸板的女工作人员示意路人绕道到马路。"迷你摄影机推到近景。"有人这么说。每个工作人员都一副了不起的神气。在外头的巴士车道上，一个穿着"蒙福圣母高中"汗衫的小伙子把他手提音响的音量调小，问你："在拍什么人？"见你摇摇头，他又把音量调大了：

　　　　事实都简单而事实都直不隆咚
　　　　事实都懒惰而事实都迟到
　　　　事实全来自观点角度
　　　　事实不干我想要它们干的事情

"她来了。"有个声音喊道。

你继续往前走，短暂想了一想那个"失踪者"，也就是那个已经永远从人间消失的人。转入日光普照的第五大道之后，你看见了广场饭店——这座在曼哈顿岛中央巍然拔起的巨大白色城堡，就像是新大陆暴发户对旧大陆梦的圆梦。你和阿曼达在刚到纽约的第一天住了这饭店一晚。你不是没有朋友家可以借住，但你俩希望第一个晚上是在广场饭店度过。在饭店前面那个著名喷泉旁边下计程车时，你感觉你是抵达了那出将会成为你人生的电影的首映现场。一个门卫在前台阶向你俩打招呼，"橄榄厅"里演奏着弦乐四重奏。你们的房间位于十楼，从窗户只看得到室内中庭，看不见街景，但你仍然相信这城市是在你脚下展开着。围绕在饭店入口的豪华轿车像是一队篷车队，而你有一种感觉：它们其中一辆有朝一日将会归你所有。如今回想起来，你只觉得那些豪华轿车无异于一些吃腐尸的鸟，而你也不敢相信，自己过去的梦想竟是这等肤浅。

你是美国梦和中产阶级价值观的好听众。这种价值观怂恿你当个消费者：既然你与你漂亮的太太住在广场饭店，那么，在你们要坐进私人豪华轿车前去欣赏舞台剧之前，不是应该要点一瓶金钱买得到的最好的苏格兰威士忌吗？

你更早之前便在这里住过一次，与你一起入住的是你的父母和几个弟弟，当时你爸爸被调派到下一个工作岗位，准备赴任。你和麦克整天在电梯里搭上搭下。你们第二天便要乘坐"伊丽莎白女王号"前往英国。你告诉麦克，英国是没有银餐具的，而英国人都是用手吃饭。麦克听了大哭起来。他不想去英国，不想用手吃饭。你告诉他别担心，说你会夹带一些银餐具进入那个国家。你们在饭店走廊里潜行，从一些用于客房服务的托盘里偷来一些银餐具，塞进你们的行李箱里。麦克问你英国有没有玻璃杯。为了以防万一，你也偷了一些。过利物浦海关时，麦克又哭了起来。这是因为你告诉过他，英国对走私者的刑罚非常可怕。他不想双手被砍掉。几年前有一次，当你回父母家里度周末时，你在放银餐具的抽屉里找到一把镌有广场饭店纹章的汤匙。

§

你继续在第五大道向前走，沿着中央公园外侧去到大都会博物馆。博物馆的前台阶有个涂黑半张脸的街头艺人正在给一小群围观者表演默剧。你走过时听到围观者爆出哄笑声，你转过头，发现那艺人正在模仿你走路的样子。看见你停住，他向你一鞠躬，把帽子脱下。你鞠躬回礼，扔给他一个二角五分硬币。

在售票窗口，你说你是学生。女售票员问你有没有学生证。你说你把学生证放在宿舍了，她最终给了你学生票价。

你去到埃及展厅，在一些方尖碑、石棺和木乃伊之间溜达。你来过大都会博物馆好几次了，但这是第一次参观文物。各种大小的木乃伊一应俱全，有些木乃伊的裹布部分解开，露出皮革似的死肉。另外还有猫与狗的木乃伊，以及一具婴儿木乃伊——一个为了得到永恒而卷缠起来的古代新生儿。

离开大都会博物馆之后，你到泰德位于列克星敦的住处找他。你按了对讲机，无人回应。你决定先去喝一杯，稍后再回来。几分钟之后，你便身在第一大道的单身者天堂里。你先去了"星期五"餐厅，在吧台找到一个位子，最后成功点到一杯酒。随着黄金时段逼近，这地方挤满殷殷期盼的女秘书和打野食的律师。他们这些人都是一个样子。所有女人涂抹的化妆品加起来价值几百美元，而所有男人在脖子上挂的金链加起来价值几千美元。这些金链或是挂着金十字架，或是挂着大卫之星，或是古柯碱调羹①；有人相信上帝会帮他们钓到上床的马子，另一些人相信的则是古柯碱。应该找个人来统计成功的比率，把结果刊登在

---

① 专门供人挖起古柯碱粉末凑到鼻孔吸入而制作的小调羹。

《纽约》杂志上。

你坐在一个女孩旁边，她有一头染成灰白色的头发，身体散发着忍冬的味道。她在跟另一个女生聊天，但不时会偷瞄你一眼。要你猜，你会猜她未达法定的喝酒年龄。她在眼底下涂了两片紫色眼影，好让自己看起来有副颧骨。你意识得到有什么事将会发生，只是迟或早而已。你不确定该怎样回应。你看见酒保在看你，便向他点了另一杯酒。

"抱歉，"那女孩说，"请问你知道哪里可以找到一些好料吗？"

"不知道。"

"我知道。"她说，"我的意思是，我们知道哪里可以买到一克的货，但我们弹药不够。有兴趣一起去吗？"

你告诉自己，你不是这么饥不择食。你多少还残留一些自尊。

你醒来时听到猎人福德①的声音。"杀了那兔子！杀了那兔子！"你感觉自己是个谋杀案的受害者。然后你看见那个有灰白头发和浮肿眼圈的女孩俯身看着你，你开始怀疑自己其实是强暴案的受害者。

"发生了什么事？"

"什么都没发生，"她说，"一丁点屁事都没发生过。我怎么那么倒霉，老是碰到同样的事：在酒吧认识一个家伙，把他带回家里，然后他马上睡死在我床上。"

这消息纾解了你零点零几的头疼。你身在一张奇怪的床上。

---

① 迪士尼卡通里的猎人角色，与兔宝宝是死对头，每次都想干掉兔宝宝，但每次都失败。

放在房间另一头的电视正在播放卡通。你看见自己身上仍然多少穿着衣服。

"至少你没有吐。"她说。

"这是哪里？"

"我的烂公寓。"

"这是哪一区？"

"皇后区。"

"您一定是在开玩笑。"

"有什么好开玩笑的。"她说，表情变得柔和，开始抚摸你的头发，"你想要再试试吗？"

"现在几点？"你说，"我上班要迟到了。"

"别紧张，"她说，"今天是星期六。"

"我都是星期六工作。"你坐起来，把她的手从你的头发挪开。电视里，大笨狼怀尔正在建造一个匪夷所思的陷阱，想要逮到哔哔鸟。墙上贴着摇滚乐团的海报和小猫的海报。

你听到房间外头有说话声。"谁在外面？"你问，手指指着房门。

那女孩把一张唱片放入唱机转盘。

"我爸妈。"她说。

§

你回到曼哈顿的时候已经两点，感觉自己就像是翻过了几座山。先前，当你鼓起勇气走出那女孩的房间时，发现她父母正在看电视。他们甚至懒得抬头看你。

你从未这样高兴过可以回到自己的公寓。你打开冰箱，看看有没有喝的。牛奶已经酸掉。当你设法在沙发打个盹时，对讲机响起了哗哗声。

你按下"讲话"钮，一个声音说："优比速快递。"你想，大概是哪个好心人要寄给你一颗簇新的心脏。那声音听起来像是从几层布后面传来。门房死到哪去了？优比速星期六也会送货吗？但是你懒得管。你按下"开门"按钮，回到沙发上。门铃响起后，你朝窥视孔看去。麦克站在走廊里，身形因为隔着窥视孔而大大缩小，但仍然充满威胁性。你考虑从防火梯遁逃。他踏前一步，用力捶门。也许你只要不作声，他就会自己走人。但他再次捶门。

你打开门。麦克的魁梧身体看似占满了整个门框。

"麦克。"你说。你望向他的眼睛，这双眼睛恶狠狠的。你低下头，你看到了一双货真价实的工作靴，这种靴子平常在城市里难得见到。

你任由门开着，走回起居室去。他没有马上跟过来。不久，他踏进屋内，砰一声把门甩上。你摊在沙发上。"坐。"你说，但他仍然站在你面前。你想：这种站姿与坐姿的对峙真不公平，况且他在身高上本来就占优势。

"你到底在搞什么鬼啊？"他说。他的身形每过一分钟就变得更魁梧一点。

你耸耸肩。

"我找你找了一个星期。我打电话到你公司，又打电话到这里。"

"你什么时候进城的?"你问。

"之后我又坐巴士进城,坐在大楼的前台阶等你,你却一见到我就闪人。"

"我误以为你是另外一个人。"

"别糊弄我。我在你公司留了几百通留言。然后我昨天又去了你的公司,他们说你自星期三起就不在那里工作了。到底是他妈的怎么回事?"他的拳头紧握着。不明就里的人会以为丢掉工作的人是他。

"你为什么想找我?"

"我没想找你。我巴不得一发现你被古柯喫死或干着什么鸟事之后就走人。但爹地担心你,而我担心爹地。"

"爹地怎么啦?"

"你在乎吗?"

你一直认为麦克会是一个杰出的检察官。他对大罪行有着尖锐直觉,也对环境证据有着敏感嗅觉。虽然他比你小一岁,却一直窃据着兄长的角色。他把你的各种缺点和不长进视为对他个人的一种冒犯。

"爹地在加州谈生意。最起码到昨晚为止还在那里。他要我打电话给你,好确定你周末会回家。因为你一直不回电话,我只好亲自来一趟。不管你愿不愿意,你都得跟我一起回家去。"

"好吧。"

"你那辆'奥斯汀希雷'停在哪里?"他问。

"车子有点问题。我一个朋友把它撞烂了。"

"你任由别人毁了你的车子?"

"事实上，我只交代他撞凹几个地方，没想到他把它撞得稀巴烂。"

麦克摇摇头，叹了口气。他早知道你狗嘴吐不出象牙。最后，他坐了下来，而这是个好征兆。他环顾公寓（他以前从未来过），对于一片狼藉的景象大摇其头。然后他望着你。

"明天是一周年。已经一年了。我们必须把她的骨灰撒到湖里去。爹地希望你也在场。"

你点点头。你知道日子快到了，虽然一直没有看日历，但你感觉得到这一天的临近。你闭起双眼，仰头靠在沙发背上，放弃抵抗。

"阿曼达在哪里？"他问。

"阿曼达？"你张开眼睛。

"你太太。高个子、金发、苗条的那个。"

"她血拼去了。"

你们相对无言，就像从不知道多久以前便是如此了。你想着你的母亲。你设法回忆起她生病前的样貌。

"你完全把老妈忘了，我说得对不对？"

"别以为你可以审判我。"

"你也把爹地忘了。自圣诞节之后，你就没再回家看过他了。"

"你何不闭上你的嘴巴。"

"你从不会为任何事情尽力，而你现在也不打算这样做。学校、女孩、奖项、工作——它们全会自己掉到你的大腿上，是吧？老妈和爹地显然不能为你做得更多。既然你是'什么都不缺先生'，当然不会把别人放在心上。"

"全知①是个很沉重的负担，麦克，我奇怪你是怎么承受得了的？"

"去年'神奇先生'开着他的英国跑车像疯骑士那样开回家，仅仅赶上见他老妈最后一面，就像是去参加某个他不想早到的纽约烂派对。"

"闭嘴。"

"别叫我闭嘴。"

"好，我不叫你闭嘴。我来让你闭嘴如何？"

你站起来。麦克跟着站起来。

"我要出去。"你说着，转过身。你几乎看不见往门口去的路，只感到眼睛朦朦胧胧。你的膝盖撞到一把椅子。

"你哪里都别想去。"

麦克在你去到门边时攫住你的手臂。你把他的手甩开。他把你往门框推，让你的头撞在金属上，然后又把你压制住。你用手肘顶他的肚子，逼得他松开手。你转过身，一拳揍在他脸上。你用来揍他的是那只被白鼬咬过的手，这让你痛得像是火烧。你站起来，要看看麦克有没有怎样。他也已经站起来。你的脑子只来得及闪过一个想法：他要揍我。

醒过来的时候，你发现自己摊在沙发上。你的头痛得要命。你可以感觉出来，你挨揍的地方位于左太阳穴下面一点点。

这时麦克从厨房走出来，用一张纸巾捏住鼻子，纸巾上沾着

---

① "全知"是基督教用语，指上帝的无所不知。

血迹。

"你还好吧？"你问他。

他点点头。"厨房的水龙头需要装个垫圈。滴水滴得唏里哗啦的。"

"阿曼达不是去血拼，"你说，"她甩了我。"

"什么？！"

"有一天她从法国打电话回来，说她不打算再回家了。"

麦克审视你的脸，要看你是不是说真的。然后他背靠着一把椅子，叹了口气。

"我不知道该说什么。"他摇摇头说道，"妈的。我很抱歉，真的很抱歉。"

麦克站起来，走到沙发前面，蹲了下来。"你还好吧？"

"我想念老妈。"你说。

晚　班

　　麦克肚子饿而你口渴。你们一个提议出外觅食，另一个附议。上城区的全部人看似都来了下城区为周末夜找乐子。每个行人看起来都是刚刚好十七岁，并且躁动不安。在谢里登广场，一个衣衫褴褛汉把贴在每根路灯柱的单张一一扯下，用十指撕碎，再用脚践踏。

　　"他是怎么回事，是有政治上的不满吗？"麦克问你。

　　"不是，他只是生气。"

　　你们一路走到"狮头"酒吧。你们走过那些总是在这里喝醉的失意作家，去到灯光幽暗的后头。你们坐下的时候，詹姆斯跳上了桌子。它是老板养的长毛黑猫。

　　"告诉你实话，我从未喜欢过她。"麦克说，"我觉得她装模作样。要是再给我看到她，我会把她的肺挖出来。"

　　你向女侍者凯伦介绍麦克，她则问你最近写得如何。你点了两杯双份伏特加。她丢下两份菜单，然后消失在转角处。

"起初，我完全不能相信她真的丢下我，但现在则变成不敢相信自己当初竟会娶她。我刚刚才想起，老妈生病后，阿曼达对她的态度有多么疏远和冷淡。她的样子就像是老妈的绝症惹得她不高兴。"

"你认不认为，如果不是老妈生病，你有可能不会娶她？"

你曾经下过一个决定，不把你俩结婚的事和妈妈的病扯在一块。起先你跟阿曼达住在纽约，而结婚在你的优先顺序名单里并未占有很高的位置（在阿曼达的名单则占有很高位置。因为你对于"无论疾病或健康都要相守在一起，至死方能分开"①存有疑虑）。然后，你妈妈被诊断出患有绝症，而一切变得截然不同。但你的初恋声明已经发出了，而阿曼达也已是你公开承认的命中天女。老妈固然从未说过看到你结婚会让她觉得快乐，但你却太想要了，哪怕是赴汤蹈火、两肋插刀都在所不惜……你想要她觉得快乐而她想要你觉得快乐。所以，说不定你是把她想要的和阿曼达想要的搅混在一起。

你本来以为自己熬不过丧母之痛。但你其实受到两种责任拉扯，一是在妈妈火化时跳入火堆，另一是实现你的承诺，不要为她过度悲痛。不过你也知道，没有任何做法可以同时满足这两种要求。你花了太多时间去预期，以致在她死去时，你根本不知道自己是什么感觉。丧礼之后，你在自己的内在空间游荡，想找到一丝生命的迹象，但找到的只是空房间和白墙壁。你继续等待悲恸的启动。现在，你开始怀疑这悲恸是在九个月之后发现，那

---

① 结婚时的宣誓词。

时，你把丧母之痛伪装成被阿曼达遗弃的痛苦。

麦克点了牧羊人派。你把菜单推开。你们聊了往事和近况。你问了两个双胞胎弟弟的近况。彼得目前住在阿默斯特，席恩住在包德恩。然而在谈过你在杂志社经历的苦难之后（包括最近的白鼬闹剧），你问了麦克他的生意（修复老房子）做得如何。他说生意很好，目前正在新霍普修复一栋荒废的马车屋。

"我准备雇几个人帮忙。也许你会感到兴趣。最起码可以换换环境。前后需要大约三四星期。"

你告诉他你会考虑。你对他这份好意感到惊讶。麦克一直都觉得你是个手无缚鸡之力的大少爷。他在二十岁的时候已经长得比你高大，所以对你的才智和学历根本没看在眼里。

你们边喝边聊。在酒精的作用下，你俩的差异慢慢消失。你感觉，只要你和麦克和彼得和西恩和爹地团结在一起，便足以对抗这个世界。这家人一直悲伤逾恒，但你准备咬紧牙关，把它团结起来。你要忘了贱妇阿曼达，忘了那个救不了你妈妈的医生，忘了克拉拉·蒂林哈斯特，忘了那个在你妈妈病榻前的牧师（他说："在癌症死亡中，我们看见了些许美好。"）。

麦克在几杯黄汤下肚之后说："我想要呼吸点新鲜空气。"回家途中，你到一个朋友家走了走，他凑巧剩下半份好料，要价是便宜得要命的六十美元。你感觉自己基本上对这东西已经没有克制不住的欲望，这一次你会买它，纯粹是为了庆祝自己跨过了心情低谷。你有一点点醉，希望可以继续聊，聊个没完。

回到公寓之后，麦克大字形地趴在沙发上。"你本来应该告诉我们的。不然家人是干吗用的？"为了强调这一点，他在咖啡桌上捶了一拳，重说一遍，"不然家人是干吗用的？"

"我不知道。你想要来两线吗？"

麦克耸耸肩。"有何不可？"他看着你站起来，从墙上取下镜子。"让我极难受的是，"他说，"她刚死之后那段日子，我每次想到她，看到的都是她死前那副憔悴不堪和皮包骨的样子。但现在，我想到她时都会是另一个画面。我不记得是什么时候的事，但那时你已经上了大学。有一天下课回家之后，我看到老妈正在后院扫落叶。当时是十月吧，而老妈身上穿着你那件滑雪队的旧夹克，套在她身上大了大约六号。"说到这里，他停了下来。他的眼睛闭上，让你怀疑他是不是晕了过去。你把一些古柯抖到镜面。麦克张开眼睛。"我记得当时的空气味道，记得她头发上的落叶和背后的湖。现在我每次想起她，都是看到她穿着你的旧夹克扫落叶的画面。"

"我喜欢这画面。"你说。你可以想象出那幅情景。她穿那夹克已经穿了很多年。高中毕业后，你想把夹克扔掉，她却把它拿去穿。你从未就这件事情多想，但如今却感受到一股美好的暖意。

你把古柯弄成八线。麦克开始吸。你骂了一句，轻轻推他肩膀。他转过身，把脸埋在沙发的靠枕里。你吸了两线后坐回椅子。一年前的同一个晚上，你彻夜没睡，守在你妈妈的病榻旁边。

在妈妈死前三天，当你看到她那形销骨立的样子，你以为你会昏过去。就连她的微笑都移位了。经过几个月无谓的治疗之后，医生认定用药再无意义，同意如果家人可以照顾得了，不如让她回家。在你回到家之前，麦克和父亲轮流照料了你妈妈一星期，两人日夜轮班，精疲力竭。在妈妈临终前的七十二小时，你负责晚班，从午夜一直照顾她到早上八点。你每四小时给她注射一针吗啡，并尽可能减轻她的各种不适症状。

虽然麦克早就警告过你妈妈变得多憔悴，但当你第一眼看到她时，仍然忍不住想要跑掉。但这惊恐不久就过去了，而你也很高兴自己可以为她做些事。要不是有这段相处时光，你大概也不会完全了解她。最后几晚她完全没睡，所以你就一直陪她聊天。

"你吸过古柯碱吗？"她在最后一晚问你。

你不知道该如何回答。由一个妈妈之口问出这问题显得很奇怪。但她快要死了，所以你就回答说你吸过。

"味道不赖。"她说，"在我还能吞咽的时候，医院除了给我注射吗啡，还会给我吃些古柯碱，用来减低忧郁症状。我还满喜欢的。"

她一生从未吸过一根烟，只要喝两杯酒就会醉。

她说吗啡虽然可以减轻疼痛，却会让她昏昏沉沉。她想要保持清醒，想要知道自己到了哪个阶段。

然后她又问："年轻的男生都需要性吗？"

你问她所谓的"需要"是指什么。

"你知道我指什么。我时间不多了，但有好多想知道的事情。在我长大的那个环境，性被说成是很可怕的事，是已婚女性必须忍受的煎熬。我花了好久才摆脱这种观念。我有一种被骗的感觉。"

这之前，你一直以为你妈妈是最后的清教徒。

"你跟很多女孩睡过吗？"

"真是的，妈。"你说。

"说吧，有什么好隐瞒的？我但愿更早之前便知道自己快死。那样的话，我们就能对彼此有更多的认识。我们不知道的事情太多了。"

"好吧，我是跟一些女孩睡过。"

"真的？"她从枕头上抬起头。

"妈妈，我不想深入细节。"

"为什么不想？"

"唔，我会觉得难为情。"

"我但愿人们不会因为怕难为情而浪费时间。告诉我那是什么感觉。"

你开始忘记她病恹恹的样子，觉得她不知怎地变得年轻了，而且比你记得的任何时候都还要年轻。她身上那些憔悴的血肉仿佛只是幻象。你把她看成一个年轻的妇人。

"你觉得很享受？"她问。

"对，很享受。"

"你跟一些你不爱的女孩睡过。我想知道，你跟你爱的女孩睡会不会有不同的感觉？"

"有，感觉更棒。"

"莎莉·基根怎样，你跟她睡过吗？"

莎莉·基根是你邀去参加高中舞会的约会对象。"一次。"

"我就知道。"她为自己的准确直觉而得意。"史蒂芬妮·贝茨呢？"

稍后，她又问："你与阿曼达在一起快乐吗？"

"快乐，我想我快乐。"

"一辈子都会快乐？"

"希望是这样。"

"我是个幸运的人。"她说，"我与你爹地'一直'很快乐。但当夫妻的总是不容易。我一度想过要离开他。"

"真的？"

"我们都是凡人。"她说，调整了一下枕头，脸上露出痛苦的表情，但继而又微笑着说，"也都是愚人。"

坦诚是会感染的。你们的话题向前延伸到了你的早岁。你尽己所能地告诉妈妈，你对你的人生有何感想。你告诉她，你总是觉得你被放错位置，总是觉得你是站在自己的旁边，冷眼旁观着自己所做的一切，又纳闷着是不是每个人都会有这种感觉。你告诉她，你总是相信别人对自己正在做什么有着清楚概念，不会对"为什么做这个"的问题太担心。你们谈到了你第一天上学的情景。你大哭不已，死抱着妈妈的腿不放。你甚至记得她的格子花呢家常裤是什么触感，记得你脸颊的酥痒感。她把你送到巴士站（这时她打岔指出，她当时并没有比你更好受），但你却躲到树林去，直到巴士开过才走回家，告诉妈妈你错过了巴士。所以，妈妈就亲自开车送你上学，但你已迟到了一小时。每个人看着你带了一个小笔记本走进教室，听着你解释迟到是因为错过了巴士。当你最终坐下的时候，你意识到自己永远不可能赶上别人。

"你不认为每个人多多少少都会有类似的感觉吗？"她说，然后告诉你，她完全知道你用热水去烫温度计的诡计，但还是照样让你装病，不去上学。"你是一个难带的小婴儿，难搞的小孩，真正的爱哭鬼。"然后你看到她皱起眉头，在那片刻你还以为她是回忆起你哭闹的情景。

你问她想不想打吗啡，她说先别打。她想要保持头脑清晰，想要继续聊天。

床头板后面的窗户开始出现缕缕灰白。你的父亲、三个弟弟，还有诺雅阿姨睡在另外几个房间。阿曼达留在纽约。

"我有比麦克和双胞胎难带吗？"

"难带多了，"她微笑着说，就像是在给你一个大大的夸奖。"非常、非常难带。"接着她的微笑扭曲成苦笑，手指紧紧抓住被单。

你求她打一针吗啡。

"先别打。"她说。待一阵疼痛过去后，你看见她的身体放松了下来。

她告诉你你襁褓时有多么让人受不了，会经常扔东西、咬人和哭一整晚。"你总是不容易睡着。有些晚上，我们得要带你去开车兜风，好让你睡着。"看来她对这些回忆感到愉快。"你这个人与众不同。"

然后她再次瑟缩和呻吟起来。"握住我的手。"她说。你把手给她，而她握住你的力道超过你认为她能负荷的程度。"这痛……"她说。

"拜托啦，让我帮您打一针。"

你无法忍受继续看着她受苦，感觉自己随时会崩溃。但她要你再等等。

"这痛……"她说，"你知道这痛像什么吗？"

你摇摇头。她没有马上说出答案。你听到了早晨的第一声鸟鸣声。

"像我生你时的痛楚。听起来很荒谬，但感觉上真是一模一样。"

"你生我时很痛吗？"

"痛死了，"她说，"你就像是不愿意出来似的。我以为自己会撑不过来。"她从牙缝里深深吸入一口气，把你的手抓得更紧。"所以你知道我为什么那么爱你了。"你不确定自己是不是知道，但她的声音是那么微弱，似有若无，你不想打断她的话。你握住她的手，看着她的眼皮眨动，希望她只是在做梦。四面八方都是鸟叫声。你不认为自己曾听过这么多鸟在叫。

过一下子之后，她又开口了。她回忆起住在新罕布什尔州曼彻斯特市一户一房一厅公寓时的一个早上。"我站在一面镜子前面，只觉得就像以前从未真正看见过自己的脸一样。"你得凑得很近才听得见她说什么。"那感觉很怪异。我知道有事情要发生了，却不知道是什么事。"

她的思绪飘走了。她的眼睛半眯着，但你看得出来她在看某个地方。卧室窗户这时充满日光。

"爸，"她说，"你怎么会来这里？"

"妈？"

她静止了半刻，然后又把眼睛睁得大开。她紧绷的身体松开了。"疼痛走掉了。"她说。

那就好，你说。阳光看似一下子便全涌进了房间里。

"你还是握着我的手吗？"她问。

"对，还握着。"

"那就好，"她说，"别放开。"

　　你的公寓变得非常局促。麦克在沙发上打呼。你的头脑被告解和顿悟的声音敲打着。你追随镜面的粉末轨迹，想要让一切事情根据一个设定码汇聚到同一个点，变得可以交叉指涉。有一秒钟时间，你兴奋莫名，眼看着就要成功了，但古柯就在此时吸光了；当你吸完最后一线后，你在镜子里看到自己鼻孔里塞着一张卷起的二十美元钞票的丑陋样子。近在眼前的终点站慢慢变远。你不在乎，反正你知道光靠一个晚上，不可能把所有事情厘清。你兴奋得无法再思考，也疲累得无法睡着。你担心自己一躺下就会死掉。

　　电话忽然像警铃一般响起。你在响第二声时接了起来。从说话人的声音和谜语般的措辞，你猜到他是泰德。他说他想约你在"奥第安"碰面。那边正在举行派对，而你受到邀请。你说你会在十分钟内赶到。

　　你给麦克披了张毯子，给自己披了件夹克。你检查了几乎空空如也的皮夹，然后推门而出，再把大门锁上。你一到街上便开始慢跑。在谢里登广场一间二十四小时服务的自动银行的门上，你插入一张塑胶卡片。蜂鸣器响起后，你推开门，走进一个颜色像多彩游泳池的空间。一个穿战斗迷彩装的男人已经站在提款机前面，样子就像在打电动，每个动作都表现出要提款机听他话的意志。你心想，如果他再不快点，你就会把他杀掉。

最后，他转过身，双手一摊。"烂电脑。以这种速度，它们要怎样统治世界！这台该死的'花旗'玩意儿不可能在一个星期天早上占领过史德顿岛。换你试试手气吧。"这个新潮游击队员身上别着一个徽章，上面写着：我没有你醉的想①。

你当然不相信你这个提款同道懂得怎样操作提款机，所以仍然抱着马上可以取得现金的指望。你走上前，看到荧幕以西班牙文和英文两种文字欢迎你，又问你选择哪种语言。你选了"英文"，但什么动静都没有。你再按一次按钮，结果还是一样。最后你按下每一个可按的按钮，但荧幕只是继续闪烁着相同的热烈欢迎。你不是那种会敲打不听话的自动贩卖机的人，但这一次却恨不得一拳打穿提款机的荧幕。你用力把每个按钮压入按钮孔，又毫无意义地抬腿踢墙。污言秽语从你嘴巴吐出。你恨银行。你恨机器。你恨外面人行道上那些白痴。

你带着身上最后的五美元叫了一辆计程车。一旦开始移动之后，你的心情变得舒坦多了。

---

① 我没有你醉的想（I'm not as think as you stoned I am）：这是一句笑话，取笑喝醉的人说话颠三倒四，把"我没有你想的醉"（I'm not as stoned as you think I am）说成"我没有你醉的想"。

在"奥第安"下车时，你看见泰德和他来自孟斐斯的朋友吉米·Q正好走出来。吉米有一辆豪华轿车。你钻了进去。吉米给了司机一个地址，接着车子便在下城区的街道腾云驾雾。你敢说，你们是在掠过有色车窗的那些灯光所形成的通道前进。有些灯光有着朦胧的光晕，另一些灯光则是璀璨的水晶光柱，直插夜空。

车子最后停在一个货仓前面。你听到派对的音乐声不停搏动，就像是有架直升机在空无一人的街道上空盘旋。你迫不及待地要上去。等电梯的时候，你不耐烦地用手指敲打门框。

"放轻松，"泰德说，"不然你身上的炸弹会引爆。"

你问他派对的主人是谁。泰德说出一个名字，又说这名字属于一个速食王国的小开。

电梯直达货仓的阁楼。这阁楼的面积约略相当于美国中西部一个州，至少人口数差不多。三面是窗，第四面墙全是镜子。阁楼一头设有吧台和自助餐吧，舞池设在另一头，地点位于靠近新泽西的某处。

在吧台处，泰德介绍一个女的给你认识。这个叫史蒂薇的女人穿着一袭扇贝底边的黑色晚礼服，个子很高，留着金色长发，脖子处缠着一条有穗的白色丝巾。

"你会跳舞吧？"史蒂薇问。

"您猜对了。"

你牵着史蒂薇的手去到舞池，让自己为它乱上添乱。埃尔维斯·卡斯特洛老是喊着"再劲一点"①，但你其实并不需要他的

---

① 这是唱片歌声。

敦促。史蒂薇的身影在激烈的拍子中蜿蜒曲折，就像有几个分身。你跳的是你的专利舞步"纽约力矩"。音乐声大得足以把你两耳之间的一切压进你的脊椎再压至全身骨骼，让你可以透过指尖、大腿骨和脚趾把它们给抖出来。

史蒂薇两根手臂搭在你肩上，不时亲你。后来她说需要上个洗手间，你便到吧台找酒喝。

泰德在那里等着你。"你看见我们的老朋友了吗？"

"哪个老朋友？"

"你那个曾经已故和尚未成为前妻的前妻。"

你的视线离开一堆酒瓶，扫视周遭。"你说阿曼达？"

"除了她还有谁？她那张脸可以引发一千个人涌进布卢明代尔百货。"

"她在哪？"

泰德把手放在你后脑勺，把你的头转向站在电梯出口附近的一小群人。你看见的是阿曼达的侧面，她离你不到二十英尺。起初，你以为她只是长得像阿曼达，然而，当她把一只手举到肩膀，开始把一绺头发卷在指尖之间时，你再无怀疑。她的经纪人以前常常说，她这种习惯迟早会把她的一头美发毁掉。

还不是采取行动的时候，你想。

她穿着紧身女裤和银色的无袖夹克。她旁边站着一个来自地中海的大块头，穿着雪白丝衬衫，一副有产者的神气。你看见他因为阿曼达说了什么而笑起来，又伸手捏了她屁股一把。

皮埃尔是例外。所谓床笫遗弃正活灵活现地摆在你眼前。

那男人看起来像是在西元前三五〇年由伯拉克西特列斯①雕刻而成，之后又在一九四七年经派拉蒙公司润色过。你怀疑他的魁梧体格是真货还是化装效果。如果你扯烂他耳朵，他的反击会有多迅速？

"那个油腻佬②是谁？"泰德问。

你伸手拿过一瓶酒，给自己倒了一大杯。"一定是幸运的皮埃尔。"

"我在哪里看过他。"

"准是在《绅士季刊》。"

"不是，我在纽约哪里见过他，我敢百分百肯定。"泰德自顾自地上下点头，就像设法要勾起一个记忆。"我是在某个派对上见过他。有没有看见他毛茸茸胸口上挂着的古柯碱调羹？"

"我不想知道有关他的事。"

"阿曼达不是他的姘头。他的姘头是另一个骚货。"

这时史蒂薇上完洗手间回来。"我们的舞棍原来在这里。"她说。

"我不需要借由跳舞来显示自己是个傻瓜③。"

泰德说："准备好接受冲击吧，教练。她正在走过来。"

果不其然，一个活生生的阿曼达来到你的面前。

她用意大利文说："哈喽，帅哥。"又在你来不及反应以前吻了你的脸颊。

---

① 古希腊雕刻家。
② 一般人认为意大利人不常洗澡，满身油腻腻。
③ 前面"舞棍"的原文为 dancing fool，原指热爱跳舞的人，但照字面可解作跳舞傻瓜。

她疯了不成？难道她不知道，你是拼了最大的努力才把掐死她的冲动给压抑住？

她又以相同的仁慈吻了泰德。泰德把史蒂薇介绍给阿曼达认识。眼前的事情让你难以置信。难不成你们是要办一个和乐融融的派对！

"那位是您的意大利种马吗？"泰德问，向阿曼达先前站过的地方仰了仰下巴，"还是说是您的希腊种马或法国种马？还是说他是个湿背佬①。"

"他是奥德修斯，"阿曼达说，"我的未婚夫。"

"奥德修斯，哦，原来是希腊人②。"泰德说。你但愿他闭嘴。

阿曼达微笑地看着你，就像你是个旧识，但却一时想不起名字来。她有没有打算至少就你去她的时装表演闹场一事责备你？

"最近可好？"她说。你瞪着她，想要从她那双蓝色大眼睛里找出一丝讽刺意味或羞愧意味。

"最近可好？"你把她的话重说一遍，笑了起来。她也跟着笑。你猛一拍大腿。她想知道你最近可好。真是个有趣得要命的问题。阿曼达真是搞笑能手。你笑得那么厉害，害得自己呛到。史蒂薇帮你拍背。但你一回过气便又笑了起来，而且笑得更加厉害。阿曼达看来被吓到了。她不知道自己有多风趣。你想告诉她，她比一木桶的猴子还要搞笑③，但却无法说话。你大笑不止。人们忙着帮你捶背。真是有趣。一切都是那么的风趣，以致

① 指非法进入美国的墨西哥人。
② 奥德修斯原是古希腊传说中的英雄。
③ 英语中有"搞笑得像一木桶猴子"之说。

你可能会笑死。你无法呼吸。你甚至什么都看不见。

"喝水吧，"泰德说。他一只手搂着你肩膀，另一只手拿着塑胶杯，"请各位腾出些空间来。"他对四周围观的人说。你没看见阿曼达。

"怎么回事？"史蒂薇问。

"他癫痫发作，"泰德说，"我懂得怎么处理。"史蒂薇点点头，带点怕怕的表情走开。

"我不是癫痫发作。"你说。

"对，你不是癫痫，只是情绪瘫痪。"

"我真不敢相信。"你说，"'最近可好？'你能相信她竟会这样问吗？"你又开始笑了起来。

"休息一下吧，教练。"泰德说着，把你搀扶到一把密斯椅去，"如果你觉得'那样'叫好笑，那我就来给你说一件更好笑的事。"

"什么事？"

"奥德修斯的事。你还记得这个人吗？"

"我怎么可能会忘记？"

"我终于想起来在哪儿见过他了。"

"他捏了阿曼达屁股一把。"

"不管怎样，先听着。我的广告公司有一个客户，名字就不必提了，反正是个老女人，她在亚特兰大经营一家公司，每年都会来纽约两三次，做做脸啦、接受我们公司的免费招待之类的。她自然会希望晚上有人陪。所以，她每次来，我们都会找一家叫

'打电话叫一个壮男'的小服务社帮忙。它专门提供男性伴游服务，是业界中的翘楚。注意，'伴游'这个用词完全不符合我一贯的措辞谨慎作风。不管怎样，一年前我们打电话叫来的壮男不是别人，就是奥德修斯。"

"别逗我开心了。"

"是真的。当时我必须作陪两晚，不消说的是，阿拉格什特快车两晚都快到出轨了。那家伙的服务费用由我公司支付，而他提供的服务当然不只是风趣的谈话。"

你又开始笑的时候，泰德说道："小心别呛着。"但是你的笑已经处于控制之下了。

"打电话叫一个壮男。"

"就是这样。"

"打电话叫一个能操的壮男。"

"就目前的情况看来，奥德修斯算盘打得很精。事情的笑点正在于此。"

"阿曼达终于找对人了。"你说，只希望你会觉得这事情更好笑一点。你需要用笑来让自己脱离沉重的身体，带你从这地方飘走，飘到城市的上空，直至一切的丑陋和痛苦缩小成微弱的星光为止。

"我不知道该怎么想。"你说，"事实上我觉得这事与其说好笑，不如说是悲惨兮兮。"

"别把好的同情心用错地方。"泰德说。

"史蒂薇呢？"

"那是另一则引人伤感的故事。你会想要避之大吉的，教练。"

"为什么？"

"原名史蒂夫的史蒂薇在几个星期前动了他的第三次手术，几乎可以以假乱真了，对不对？"

"你以为我会信这个？"你在脑海里重播史蒂薇的音容笑貌。"鬼扯。"

"我骗你干吗？不信的话可以问问吉米·Q。不然你以为他脖子上为什么要缠条丝巾？亚当的苹果①是去不掉的。"

因为被泰德耍过许多次，所以你不敢肯定他这一次是不是认真的。但你对史蒂薇的染色体的好奇心已经枯竭。夜已深得让你懒得管她是男是女。

"我本来就准备要提醒你。"

"谢了。"你站起来。

"放轻松点，教练。"他用一根手臂搂着你肩膀。

"我刚领悟到一件事情。"

"什么事？"

"你和阿曼达会是绝配。"

"我猜你的意思是你打算一个人去面对奥德修斯。"

"晚一点不迟，泰德。"

货仓阁楼的一个角落设有几间卧室。头两间被古柯粉丝和热烈的交颈者盘踞。第三间是空的，床头柜上放着一部电话。你从皮夹里找出电话号码。

"现在是几点？"薇琪在认出你的声音后问你。"你在哪里？"

---

① 指喉结。

"很晚了。我在纽约。我只是想找个人聊聊。"

"让我猜猜，你是和泰德在一起。"

"我'先前'与泰德在一起。"

"现在聊天有点太晚了。发生什么事了吗？"

"我只是想告诉您我妈死了。"你本来不想这么唐突。你推进得太快了。

"天啊，"薇琪说，"我很遗憾。我不知道她……几时的事？"

"一年前。"就是那个失踪者。

"'一年'前？"

"我先前没告诉您，所以现在想告诉您。我觉得这很重要。"

"我很遗憾。"

"没事了。我没有太难熬，我意思是说我本来很难熬。"你无法把想说的话表达清楚。"我真希望您俩能够见见面，你们一定能谈得来。她的头发跟您很像，还不只是这样。"

"我不知道该说些什么。"

"我还有另一件事要告诉您。我结过婚。那是个大错特错，但已成过去。我想要让您知道，免得您会觉得这个离别很重要。我喝醉了。您认为我应该挂电话了吗？"

在接下来的沉默中，你可以听到长途电话线的微弱嗡嗡声。"别挂，"薇琪说，"我目前想不出来要说什么，但我会继续听你说话。我有一点点困惑。"

"我一直设法不去想她，但现在终于明白，想她才能报她的恩。"

"等等，'她'是谁？"

"我妈。忘掉我太太吧。我说的是我妈。知道自己得了癌症之后，她对我和麦克说……"

"麦克？"

"麦克是我弟弟。她要我们答应她，如果她痛得无法忍受，我们就得帮她结束一切。我们有吗啡的处方笺，所以这是选项之一。然后，她的情况真的变得很糟。我问她意见时，她说：即使一个人快死了，这个人对还活着的人仍然负有责任。她这话让我不胜惊讶，因为一直以来，我都以为是我们该对死者负责任。我是说活着的人。你明白我的意思吗？"

"也许。但我目前不能断定。"

"我明天早上可以再打给您吗？"

"好啊，就明天早上。你现在真的没事吗？"

你感觉你的脑子就像是正在设法找出一条逃离你头颅骨的路。你几乎害怕所有的一切。"我没事。"

"那就去睡吧。睡不着再打给我。"

第一道曙光映照出远在岛屿尖端的世贸中心的轮廓。你转过身，往反方向，朝上城区而去。马路上有些地方的沥青已经磨蚀掉了，以致下面的卵石裸露在外。你想到，第一批荷兰移民的木鞋曾经踩过这些石头；更早之前，阿冈昆印第安人曾勇敢地在静寂的小径追踪猎物。

你不太确定你要往哪里去。你不认为你有力气可以走到家里。你的脚步愈来愈快，因为你知道，当阳光逮住你的时候，你将会发生可怕的化学变化。

几分钟之后，你注意到你手指上有血。你把手举到面前。你衬衫上也有血。你从夹克口袋里找出一块纸巾，把它捏在鼻子上，然后斜仰着头继续往前走。

去到隧道街的时候，你认为自己永远不可能回到家了。你寻找计程车。一名流浪汉睡在一家未开张的店面遮阳棚下面。你经过的时候，他抬起头说："愿上帝祝福你和宽恕你的罪。"你等着他向你讨施舍，但他却没开口。你宁愿他先前什么都没说。

转过街角的时候，你残存的嗅觉官能向你的大脑发送出一个讯息：出炉面包。附近有人在烤面包。你闻得到那味道，哪怕你的鼻子正在流血。你看到一些面包车停在下一条街一栋大楼前面，一个手臂刺青的男人正在那里的装卸升降台搬运一袋袋面包。他会在大清早工作，是为了让普通人早餐时有新鲜面包可吃。正派的人会在晚上睡觉，在早上吃蛋。现在是星期天早上，而你从……星期五晚上起便没吃过东西。你走近时，面包的香气像一阵温雨那样沐浴你。你深深吸气，让面包香充满你的肺腑。眼泪从你的眼睛溢出，你感到一股柔情和怜悯在你体内急速涌起，你必须扶住一根电灯柱才不致跌倒。

面包香气让你回忆起另一个早上。当时你开了大半夜的车，从大学校园回到家（那时候你刚开始喜欢回家）。走进屋时，厨房里弥漫着同一种香气。你妈妈问你今天是什么日子，怎么会突然跑回家来。你说是一时起意。你问她是不是在烤面包。"你是在大学里学会推理的，对不对？"她说。又说几个儿子都离家在外，她总得找些事情做好打发时间。你说你算不上真正离家在外。你俩在厨房里坐下来聊天，而面包没多久就开始烤焦了。就你记忆所及，你妈妈之前只烤过两次面包，而两次都烤焦。不管怎样，她还是切下两片厚面包让你尝尝。你发现只有外皮烧焦，里面则温暖而湿润。

你走近那个在装卸升降台工作的男人。他停下手边的工作，望着你看。你两条腿走路的方式似乎有些不对劲，你也怀疑你的鼻子还在流血。

"面包。"你对他只说了这个词，哪怕你想说的不只这些。

"你给的第一个提示是什么？"他说。你猜他一定是个为国家打过仗的人，而且是住在城外某处。

"可以给我面包吗？一片也好。"

"走开。"

"我用我的太阳眼镜跟你换。"你说，脱下眼镜交给他，"是'雷朋'的。盒子我弄丢了。"他把眼镜戴上，摇头晃脑了几下，然后把眼镜折起，插在衬衫口袋。

"疯子。"他说，转身往货仓瞄了一眼，然后捡起一条硬面包，扔在你脚下。

你双膝跪下，撕开袋子。温热面团的气味笼罩你全身。咬第一口时，你因为把面包在嘴巴里塞得太深，差点窒息。你必须慢慢来。你必须把一切从头学起。